六つの瞳の光の中で

私を選んで生まれてきてくれた
三人の子どもたちへ

★ のがみ ふみよ ★

文芸社

六つの瞳の光の中で　私を選んで生まれてきてくれた三人の子どもたちへ　もくじ

第一章　待望の赤ちゃんは三つ子ちゃん

ヤッター、いっぺんに三人も！


「あっ、妊娠しています。よかったねぇー。おめでとうございます」

「えっ、ほんとに？」

ひょっとしたらそうかもと期待はしていたが、四年間も子どもに恵まれなかっただけに、すぐには信じられなかった。

「間違いないです。がんばった甲斐があったね」

先生のはじけるような笑顔を見ると、どっとうれしさがこみあげ、涙がポロポロ出た。ヤッターと思った瞬間、先生が言葉を継いだ。

「あれっ？　二人かな……」

先生は食い入るような目で、モニターに映し出された画像を調べている。

「いや、三人や。どうする？」

「ウッソー！　でもだいじょうぶやわ。一人も三人もおんなじやん」

欲しくてたまらなかった赤ちゃんだ。うれしくて、三つ子だからといって何の不安も感じなかった。それどころか、「一回で三人なんて、チョーラッキーだ」と、ノーテンキなことを考えていた。

何しろ、育児未経験。天使のようにほほえんでいる愛らしい赤ちゃんの顔がポッポッポッと浮かぶだけで、あんなに子育てが重労働だとは、夢にも思っていなかったのだ。

その夜、待っていた夫が帰宅するやいなや、私は報告した。

「できたよ」

「そうか！　やったなあ」

夫の顔がパッと輝いた。

「それも三つ子だって」

「えっ？　三つ子……。だいじょうぶか、おまえ。でも、よかったなあ。よかった、よかった」

あとで聞くと、夫はこのとき、喜びと心配で鳥肌が立ったそうだ。

夫は私より十七歳年上の歯科医で、結婚したとき、すでに四十二歳だった。早く赤ちゃんが欲しいという気持ちは、私以上に強かっただろう。でも、三つ子と聞くと、私のように単純に喜んでばかりもいられなかったようだ。

「さっそく、かっこいいマタニティーウェア、買いにいこ」

「もう、気が早過ぎ」

と、母に笑われたが、三人も入っているとおなかもみるみる大きくなる。マタニティーウェアはすぐに必要になった。私は、あくまでもおしゃれなプレママでいたかったので、いかにもと見えるものは避けて、ふつうの服の中から、おなかまわりがゆったりしたものを選んで着るようにした。

妊娠五か月になるころには、もう臨月かと思うほどおなかがドーンとせり出していた。立つのも座るのもひと苦労。特大のすいかをおなかに巻き付けているような感じで、これ以上大きくなったら歩けないわと、本気で心配したものだ。

友達もみんなびっくりして、判で押したように同じことを言う。

「エーッ、まだ五か月？　臨月みたいやん」

「三つ子やもん」

「エーッ！　三つ子？　うわあ、大変やね」

「何で？　かわいいやん」

「そんなこと言っていられるの、今だけよ。うちなんか一人でもてんてこまいよ。それが三人もいたらと思うとぞっとするわ」

「そう？　おそろいの制服着せて学校に行かせたら、すごいかわいいと思うけど」

「ほんとに、あなたはいつでも楽天的やね。子どもたちが母に似ればいいけど、父に似たらどうすんの？」

「いや、そんなこわいこと言わんといて」

「それにしても、お宅の近くの芦屋大学附属幼稚園、すごくいいらしいよ」

「ほんと？　どこが、どこが？」

幼稚園は芦屋大附属。私はしっかりインプットした。よい学校に入れて、長男に診療所をつがせ、あとの二人も医者にしよう……。

このころはいろいろな夢を描いていた。たいていの母親にとっては、妊娠中がいちばん幸せな時期なのかもしれない。産んでしまうと、厳しい現実が待っている。でも、プレママ初心者は、そんなことは想像もしないのだ。

私もバラ色の未来しか考えなかった。かわいらしく着飾らせた三人を連れてお出かけする光景を思い浮かべては、にんまりしていた。

幸いなことに、つわりらしいつわりもなかった。そのおかげで伊予かんを食べ過ぎて思いきり太ってしまったという問題はあったものの、私の最高にハッピーなマタニティーライフは順調に過ぎていった。

第一関門突破！

ところが、六か月の定期健診の日、事態は急転したのである。

「これは……、もう開いている。まずいな」

何と、六か月で子宮口が開いてしまったのだ。私は三か月のときに、流産や早産を防ぐために、子宮頸管を縛る手術を受けていた。それなのに、縛ったところが裂けてしまい、赤ちゃんの一人が触れるぐらいまで下りてきたらしい。

先生も驚いたようだが、私も血の気が引くような思いがした。何の自覚症状もなかったし、手術したのだからだいじょうぶと、安心し切っていたのだ。

「えっ、まだ、六か月なのに。どうしよう」

「すぐに入院してください。できるだけ動かないように。トイレもベッドでね」

そんな……と思う暇もなく、私はそのまま病室にストレッチャーで運び込まれた。

「メイクを落として、服ぐらい着替えたいんですけど」

「ダメ、ダメ。それどころじゃないでしょ」

「……」

そのときから、私の突然の入院生活が始まったのである。子宮の収縮を抑えるために、連日二十四時間点滴を受けなければならないし、動くなと厳命されていたので、ほとんどベッドの上での生活だ。

退屈で死にそうだったが、この子たちを守れるのは私だけなのだと思うと、闘志がふつふつと湧いてくるのだった。

よーし、何がなんでもがんばるぞー！

毎日、ハラハラドキドキの連続だった。今日もだいじょうぶ、今日も乗り切れた、と無事に一日が終わるたびに、私はほっと胸をなでおろした。

「まだよ。まだだからね。三人ともがんばって。出てきたらダメよ」

おなかをやさしくさすりながら、子どもたちにも言い聞かせた。

しかし、こんな懸命の努力も虚しく、七か月になったとき、私は先生に告げられたのだ。

「これ以上もたせるのは難しいですね。超未熟児で三人もやから、うちではちょっと出産は無理です」

「ええっ！　じゃあどうするんですか？」

「設備が整っているところを探しますから、転院してください」

否応《いやおう》もない。私は三人分の空きがあるという、K子ども病院に救急車で向かった。

「途中で生まれてしまったらどうしよう」と思うと気が気ではなかったが、無事到着。

K子ども病院でも、トイレに行くのも禁止、絶対安静を言い渡された。

「ギリギリまで努力しましょう。一日でも長くいるに越したことはないですからね」

ここで、私の生活範囲は完全にベッドの上だけになった。もちろん、二十四時間点滴も引き続き受けなければならない。この点滴を打つと、走ったあとのように脈が速くなり、とても疲れた。一か月以上打ち続けているので、このころには頬がげっそりこけてしまった。

夫は、毎晩早めに診察を終わらせて、病院に立ち寄ってくれた。といっても何もできることはなく、点滴でクタクタになっている私とおなかの赤ちゃんを心配して、「だいじょうぶかな、だいじょうぶかな」とおろおろするばかりだ。

私もストレスがたまる一方だったが、「せっかくここまで来たのだから、絶対に元気な子を産むんだ」と決めていた。

ところが、こんな私の決意を知ってか知らずか、せっかちなわが子はもう待ち切れなくなったらしい。転院して四日目に、ちょっとでもいきむと飛び出しそうな状態になってしまったのだ。

「もうダメですね。これ以上無理すると、赤ちゃんが危険です。出したほうがいいと思いますが、どうします？」

私は、たまたま居合わせた夫と顔を見合わせた。

「どうすると言われても……。産むしかないですよね」

赤ちゃんが危ないと言われては、ほかに選択の余地があるはずもない。私たちは、すぐに帝王切開で産むことに同意した。

心の準備をする暇もなく、私はばたばたと分娩室に連れていかれ、下半身麻酔を受けた。意識は、はっきりしている。とにかく産声をあげればだいじょうぶと聞いていたので、私は全身を耳にして、その瞬間を待った。

分娩室に入ってわずか三十分後。

「おぎゃー、おぎゃー」

長女ゆうかの元気な産声が響き渡った。

「おめでとうございます。女の子ですよ」

続いて長男やすたか、次男やすきと、次々に取り上げられた。

みんな泣いている。よかったー。三人とも生きている。

ほっとしたのとうれしさで、私は涙が止まらなかった。第一関門突破！

ふつうなら、ここで赤ちゃんとご対面となるところなのだろうが、すぐに保育器に入れられたので、見せてはもらえなかった。

こうして、お産自体はあっけないほど簡単に終わり、わが家の三つ子は無事に誕生したのである。

平成十年五月二十七日のことだった。

管だらけのからだに涙して

いろいろな処置が終わり、ストレッチャーに乗せられて私が病室に戻ると、夫がはっとした様子で顔を上げた。

「赤ちゃん、見てきた？」

「うん」

「どうだった？　かわいい？」

夫ははっきり答えない。

「ねえ、どうだったの？　何で黙ってるの？」

「小さ過ぎて、ショックで言葉が出なかった。テレビでときどき見る超未熟児といっしょや」

「今すぐポラロイドカメラで写真撮ってきて。子どもたちを見たいわ」

いてもたってもいられない気持ちになって、私は夫に頼んだ。


写真を見て、私は息を呑んだ。

「わあ、管だらけやん。かわいそうに……」

からだのあちこちに管が付けられ、口には人工呼吸器が入れられている。未熟児だからしかたないのだと思っても、子どもたちの苦しそうな姿を見るのは切なかった。

「それにしても、毛だらけやね。この毛、大きくなったら、ちゃんと取れるんやろうか」

「だいじょうぶやろ」

全身に産毛がびっしり生えて、毛むくじゃら状態だ。まさか、このまんまってことはないだろうと思っても、不安がこみあげる。さらに目をこらして、私は一つひとつ確認した。目も口も鼻もきちんと付いている。手も足もある。

「でも、一応、五体満足やね。よかったあー」

そうだ、そうだ。とりあえずはそれがいちばんだ。

私はようやく安心した。

早く赤ちゃんに会いたくてたまらなかったが、おなかを切っているので、すぐには動けない。

みんなどうしているのかな。元気にしてるかなあ。

おっぱいがツーンと張ってくるたびに、飲ませてやりたい、この手で抱っこしたい、という思いが募った。

出産して四日目。やっと許可がおりた。

いよいよ、あの子たちに会える！

私はドキドキしながら、新生児集中治療室に入った。小さな保育器が並んでいる。どれどれとのぞき込んだ瞬間、冷水を浴びせかけられたようなショックを受けた。

「すごい、小さい。それに……」

私が想像していた赤ちゃんとはまったく違っていた。写真では、からだの大きさはよくわからなかった。そのため、超未熟児と知ってはいても、何となく、ふつうの赤ちゃんを思い浮かべていたのだった。

でも、その子はあまりにもしわくちゃで、てのひらに載りそうなほど小さかった。あばら骨が浮き出て、やせ細っている。足も私の小指ぐらいしかない。ちょっとでも触ると壊れてしまいそうだ。

そのうえ、からだの至るところに、管やチューブ、コードなどが巻き付いている。今にも折れそうな細い腕には点滴の針が刺さり、口には人工呼吸器が挿入されている。自分で呼吸さえできないのだ。

何て痛々しい。

涙があふれた。三人ともそうなのだから、悲しみも三倍だった。

超未熟児ってこういうことだったんだ。

夫の言葉が脳裏によみがえった。

「小さ過ぎて、ショックで言葉が出なかった……」

本当にそうだ。無事に育つのだろうか。生きられるのだろうか。

不安に押しつぶされそうになる。

ダメダメ、この子たちはこんなに小さなからだで、生きるために懸命に闘っているのに、母親の私が弱気になってどうするの。

私は自分を叱咤したが、涙は止まらなかった。

「触っても、いいですか？」

「どうぞ。保育器の外に出して抱いたりはできませんが、ちょっと触るぐらいならかまいませんよ」

看護師さんの許可を得たものの、管だらけで、触れるところは少ししかなかった。私はこわごわ保育器の中に手を入れて、そーっと右足をなでてみた。すべすべの赤ちゃんの肌。

「がんばってね、がんばってね」

私は心の中で念じながら、一人ひとり、ゆっくりなでた。

脳室周囲白質軟化症って？

私は二週間後に退院できたが、子どもたちは半年ほど入院することになった。何しろ、いちばん小さいやすきは六百グラムと、ふつうの赤ちゃんの五分の一の体重しかなかったのだ。ゆうかとやすたかだってやすきより大きいとはいえ、八百グラムだ。私たちがあまりの小ささにショックを受けたのも、当然だった。少なくとも、自分で呼吸ができるようになるまでは、入院生活もやむを得なかった。

私は、退院後は家でしぼった母乳を持って、毎日病院に通った。おっぱいはすいかのように大きくなり、びっくりするほどビュービュー出た。すぐにペットボトル一本分ぐらいはたまるのだが、子どもたちは一回にせいぜい二〜三ccぐらいしか飲めない。それも、自力では飲めないので、鼻からチューブを入れて直接胃に注入するのだ。

「おっぱいはありあまるほど出るのだから、もっとたくさん飲んでよ」と、祈るような思いで毎朝病院に届けた。三人に会うたびにかわいそうで涙がボロボロ出た。

勝ち気なほうでめったに人前では涙を見せない私だったが、このときばかりはこらえることができず、泣いてばかりいた。

夫はわが子を見ては、こう言ってため息をついていた。

「かわいそう過ぎて、見るのがつらい」

三人は、いつも何やら治療を受けていた。目隠しをされて光線を当てられている姿を見たときは、何があったのかと、あわてて先生に聞きにいった。

「先生、どうしたんでしょう。どこか、具合でも悪いのでしょうか？」

「いや、黄疸がひどくならないように当てているだけです」

翌日は点滴が増えている。私はまた、先生のところに駆け付ける。

「先生、あの点滴は？　だいじょうぶでしょうか？」

そのつど先生は丁寧に説明してくださり、私は胸をなでおろす。毎日、こんな調子でハラハラしっぱなしだった。

それでも、会いにいかずにはいられなかった。子どもたちが無事に生きているのを確かめないと、気がすまない。一時間ぐらいはそばにいて、あれこれ話しかけるのが私の日課になっていた。

「お父さんじゃなくて、私に似てね」

「おっぱい、いっぱい飲んで、早く大きくなってね」

どの子もたいてい、静かにねんねしていた。私は親ばか丸出しで、ほんとにおとなしくていい子たちだと思った。

四か月ぐらいたったころ、人工呼吸器をはずす練習が始まった。これが取れないことには退院できないので、見守る私も手に汗を握る思いだった。

「がんばって。おっ、やった。自分で息してるやん」

と喜んだとたん、みるみる顔が真っ青になり、先生があわてて口にチューブを差し込む。こんなことを何度も繰り返し、なかなかスムーズには取れなかった。

「このままずっと保育器から出られなかったらどうしよう」と、だんだん弱気になってくる。子どもの顔色が青ざめていくのを見るたびに、もう死んでしまうのではないかと、胸が締め付けられるような思いがした。

こうして、一喜一憂の日々が続いたが、しだいに人工呼吸器をはずしていられる時間が長くなり、いつの間にか、ゆうかは自分で呼吸できるようになっていた。やすたかもすぐに続いたが、いちばん小さいやすきは時間がかかり、一か月ほど遅れてようやく呼吸器が取れた。

これで退院できる。よくがんばったね。

私は看護師さんから、おっぱいの吸わせ方や沐浴のさせ方などを教わり、退院に向けて着々と準備を整えていった。ベビーベッドも三台用意し、紙おむつも山のように買い込んだ。もうすぐ退院だ。これからはずっといっしょにいられる。子どもたちのいる暮らしを想像すると、ワクワクした。

その日、私はいつものように三人に会いにいった。すると先生に、こう声をかけられた。

「ちょっと来てください。この間のＭＲＩの結果が出ましたので」

子どもたちは、退院を間近に控え、いくつかの検査を受けていた。ＭＲＩもその一つだった。私は何の不安も感じていなかったので、気楽にドアをノックした。

先生は淡々と告げた。

「実は、やすたか君が脳室周囲白質軟化症だとわかりました」

はじめて聞く病名だった。鉛の棒を飲み込んだような重苦しい気分になったが、それが何を意味するのか、私にはまったくわからない。

「どういうことなんでしょう？」

「酸素がおなかの中に十分に行き渡っていなかったようですね。ふつうのお子さんより成長が遅いでしょう。ひどい場合は、手がうまく使えなかったり、歩けなくなったりします」

心臓が早鐘のように打ち出した。

何、それ？

「各市に療育園がありますから、そこに行ってリハビリを受けてください。なるべく早く行ったほうがいいですよ」

リハビリ……。

私はこの言葉に飛び付いた。

そうか、リハビリをすれば治るのだ。ああ、よかった。

突然聞いたこともない難しい病名を告げられて焦ったが、そうたいしたことはなさそうだと、私は胸をなでおろした。

このときは、私はまだ、事態を正確に把握できていなかった。いいように考えたいという無意識の願望がそうさせたのかもしれない。

その夜、私は夫にこのことを告げた。

「今日、先生に言われたんやけど、やすたかは脳室周囲白質軟化症とかいう病気なんやって。できるだけ早くリハビリを始めてくださいって」

夫の顔色が変わった。

「だいじょうぶなんか?」

「だいじょうぶよ。リハビリしたら治るから」

あくまでも楽観的な私。

「そうか」

夫は、それ以上何も言わなかった。

第二章　おっぱいコールにヘトヘト

こんなはずでは……

秋も深まり、庭の木々が鮮やかに色付くころ、ようやくゆうかとやすたかが退院できることになった。いちばんおチビちゃんのやすきは、もう少し体重が増え、呼吸が安定してからということで、いっしょに帰ることはできなかった。残念だったが、まだ二千グラムにも満たない体重では、無理もさせられない。

二人の退院当日、私は母と喜び勇んで迎えにいった。さわやかな秋晴れが、子どもたちの門出を祝福してくれているようだった。

「今日が誕生日だと思ってください。ほかの子と比べないこと」

先生のアドバイスをしっかり胸に刻み、私は慎重にゆうかを抱っこした。何とも軽くて頼りない。これからは、いつでも思う存分抱っこしてあげられる。おっぱいも吸わせてあげられる、と思うと、心の底からうれしさがこみあげてきた。

やすたかは母の胸にすっぽりおさまっている。母も満面の笑顔だ。

母はやすたかの病気のことは何も知らなかった。今は小さくとも、そのうちに追い付いて元気に育つだろうと思っていたに違いない。私だってそう信じていたのだから……。

さあ、これからが本当のスタートだ。

「よし、やるぞー」

私は、やる気満々だった。何しろ半年間も待ちぼうけをくわされたのだ。張り切らずにおれようか。

ところが、そんな高揚した気分は、あっという間に砕け散ったのだった。

帰宅したその瞬間から、現実はそう甘くはないということを、私はいやというほど思い知らされた。病院では静かでおとなしくて賢かったのに、何で？　というほど、二人そろってにぎやかに泣く。規則正しい授乳なんて夢のまた夢。

泣いたら、すかさずおっぱいを吸わせる。ゆうかはそれでしばらくおとなしくさせられたが、やすたかは吸う力がないので、おっぱいを直接飲むことができない。そこで、私はおっぱいをしぼり、ほ乳瓶であげることにした。

しかし、それでも、やすたかには大変な重労働だったようだ。たった十ccのおっぱいを飲むのに、一時間ぐらいもかかってしまう。しかも、やっと飲んでくれたとほっとした瞬間、噴水のようにゲボッと吐くのだ。

「もう、せっかく飲んだのに」

と文句を言う暇もなく、今度はゆうかが泣き出す。あわてて乳首をふくませる。二人とも、飲む量が極端に少ないので、すぐにおなかがすくらしい。とりあえず二人が飲み終わると、残ったおっぱいをしぼる。次々にしぼって捨てないと、おっぱいの出が悪くなると聞いていたので、私も必死だった。ようやくしぼり終わったと思う間もなく、またまたおっぱいコールが鳴り響くのだ。

そんな具合に、飲ませてはしぼり飲ませてはしぼり、おむつを替え、吐いて汚した服を着替えさせているうちに、あっという間に日が暮れた。しかし、本当に大変なのはそれからだった。夜になったからといって、子どもたちがおとなしく寝てくれるわけもなく、朝まで同じ調子で泣きわめく。

「少しは寝てよぉー」

一晩中孤軍奮闘しているうちに、私までいっしょに泣きたくなってしまった。別室で安らかに眠っている夫が恨めしかった。

ずっと夢に見ていた、赤ちゃんのいる暮らし。それは、睡眠不足とひたすら闘う暮らしのことだったのだ。

二人でもこうなのだから、一か月後にやすきが帰ってきたときは、パニックになりそうだった。一日中、みんながてんでにワーワー泣きわめく。いっときも静かにしていない。

一人が泣くと、急いでおっぱいをやる。飲んだかと思うとドバッと吐く。あわてて着替えさせる。おむつも替える。替えているうちにほかの二人が泣き出す……。もちろん、三人がいっせいに泣き出すこともあり、私は何度も爆発しそうになった。

「もう、からだは一つしかないんだからね！」

母も懸命にあやしてくれるが、おっぱいだけは私がやらなければどうしようもない。どうやって、いっぺんに三人におっぱいをやるか、それがいちばんの難題だった。

私はいろいろな方法を編み出した。片方のおっぱいをゆうか、もう片方をやすきと、両腕に抱えて二人同時に飲ませる。やすたかを抱っこしてほ乳瓶で飲ませながら、一人を床に寝かせて上から乳首をくわえさせる。苦肉の策とはいえ、器用な芸当をしたものだ。しかし、どう工夫しても三人同時にはやれない。一人は泣かせておかなくてはしようがなかった。そのため、落ち着いて授乳することもできないのだ。

「ちょっと待ってて。どっちかが終わったらあげるからね」

となだめようとしても、そんな言葉が通じるはずもなく、泣き声に追い立てられてせわしなく授乳するのが常だった。

飲ませるのにもっとも苦労したのは、やはり障がいがあると言われたやすたかだった。吸う力がないのではほ乳瓶でやっていたのだが、乳首をくわえるだけで、なかなかぐいぐい飲むところまでいかない。そこで、乳首の先端をはさみで切って、少しの力でどっと出るように工夫した。

だが、それ以上に困ったのは、飲ませるとからだが反ることだった。おっぱいを飲みたいという気持ちはあるのだが、飲もうとすると反射的にエビ反りになってしまうのだ。小さいのに、どこからこんな力が出るのだろうと思うほど、反る力だけは異常に強くて、とても片腕では支え切れない。

「この病気の特徴で反りやすいですから、丸く包み込むように抱っこして、おっぱいをあげてください」

退院のときにこうアドバイスされていたので、反り始めたら授乳を中断してしばらく落ち着かせ、包み込むように抱き直すのだが、すぐにまたすごい力で反る。そこでまた中断して抱き直す。こうして何度もチャレンジし、一時間ぐらいかかってようやく飲んだと思ってもせいぜい十ccだ。それもガバッと吐いて終わり、ということがしょっちゅうだった。そうこうしているうちに、ほかの二人が泣き出して、ますます修羅場になってしまうのだ。

何とかやすたかにスムーズに授乳できないかと知恵をしぼり、頭が反らないように床にあおむけに寝かせて、上からほ乳瓶であげたこともある。すると、むせて鼻からおっぱいをピューッと吹き出し、顔が真っ青になった。

「うわっ。息が止まったらどうしよう」

私はあわてて抱き上げ、背中を必死でたたいた。グッドアイディアだと思ったが、この方法はあきらめざるを得なかった。

母のサポートで少しずつ前進

新米ママの私にとって最大の不安は、三人ともおっぱいの飲みが少なく、体重が増えないことだった。あまりにも増えないので、退院のときに病院から渡された未熟児専用の濃厚なミルクをあげたこともあった。

「これでだいじょうぶ。体重が増えるわ」

私は勇んで一生懸命作って飲ませたが、おいしくないのか、三人ともまったく飲んでくれない。ゆうかとやすきは乳首の感触自体もいやだったようだ。期待しただけに落ち込みは激しかった。特に小さく生まれてきたので、早く大きくなってほしいと焦る気持ちもあり、よけいに心配が募った。

毎晩、一人ずつ体重計で量っては、

「十グラムも増えてないわ。おっぱい、ちゃんと飲めてるのかな」

と、ため息をつく日々が続いた。

ことにやすたかは、苦労が多いわりにちっとも増えず、三人の中でいちばん軽くなってしまっていた。

おっぱいはあふれるほど出るし、こんなに何回もあげているのに……。

増えないどころか、減っていることもあった。

「こんなんで、栄養失調になったらどうしよう」

そんなとき、頼りになるのは母だった。

「だいじょうぶよ。毎日、そんなにどんどん増えるものじゃないよ。増えることもあれば減ることもあるわよ。もう少し気長に見てみたら」

「それもそうやなあ」

と、私は気を取り直すのである。

私の実家は大阪で、結婚当初から平日だけという約束で母が同居していた。週末は家に帰り、友達と会ったりカラオケに行ったりして、気ままに過ごしているらしい。父は私が中学生のときに亡くなっていたので、気楽な身分だった。

掃除と洗濯を母がすべて引き受けてくれたおかげで、私は育児と食事のしたくだけに専念することができた。買い物も、まず三人に授乳しておっぱいをしぼり、母に見てもらっている間にさっとすませる。私一人ではお手上げだったろう。

入浴も母との共同作業だ。まず服を三組セットして、私が子どもをお風呂に入れてパパッと洗い、湯船から出したら母に渡す。母は手早くふいて服を着せる。今はほいほいと流れ作業でスムーズに入れられるが、最初はこうはいかなかった。

私は病院でベビーバスを使った沐浴のさせ方を教えてもらっていたので、退院当初はこわごわベビーバスで入れていた。すると、母がダメ出しをしたのだ。

「そんなんじゃ、寒くて風邪ひくよ。ちゃんと温めてあげなくちゃダメよ。湯船に入れてあげなさい」

そう言われても、とにかく体重が二キロぐらいしかなく、抱いた気がしない。どしっという感触がないのだ。

「落としそうで、湯船に入れるのはこわいわ」

子どもにも私の不安が伝わるのか、湯船に入れるといやがってぎゃんぎゃん泣く。母が見かねて、こう言った。

「あなたが慣れるまで、私がお風呂に入れてあげるわ」

私にとってはすべてが未知の世界。一般の育児書はまったく参考にならないので、読まないようにしていたこともあって、なおさら母のサポートはありがたかった。私一人ではどうすればいいいか、途方に暮れるばかりだったろう。

もちろん、実の母娘だけにけんかをすることもよくあった。母の時代と今では育児の方法や考え方がまるで違う。そのため、子どもたちに良かれと思って母がアドバイスしてくれることに、納得できないことがしばしばあった。

たとえば、こんな笑える話もあった。

生まれたときからゆうかがひどい出べそで、二センチぐらいおへそが飛び出していた。それを見た母は、すぐにこう言った。

「女の子なのにかわいそうよ。昔はみんな五円玉貼ったものよ。そしたら治るから貼っといてあげて」

「そんなん絶対にウソやって」

私は取り合わなかったのだが、母は強引に貼ってしまった。

看護師さんにその話をすると、びっくりして強くこう言われた。

「えーっ、それだけは絶対にやめてってお母さんに言うといて。おへそからばい菌が入ったらえらいことになるよ」

「お母さん、看護師さんもそんなことしたらあかんて。ばい菌入ったら大変やって言うてたよ。ほっといたら自然に治るって」

帰宅してさっそく母に報告すると、母も意地になって言い返す。

「それは看護師さんが間違ってるのよ」

しかし、私は母の言葉を無視してさっさと五円玉をはがした。母もそれ以上は何も言わなかった。当たり前のことだが、看護師さんは正しく、自然にゆうかの出べそは治った。

睡眠不足と過労でダウン

子どもたちにおっぱいをやってはしぼり、おむつを替えているだけで日が暮れ、時間はどんどん過ぎていった。乳房は圧力であざができ、どす黒くなってしまった。

三人は一日中おっぱいを欲しがって泣き、夜も一時間とは静かに寝てくれない。必ずだれかが起きて泣く。あわてておっぱいをあげて、さあ寝ようと横になると、またほかのだれかが起きて泣く。

こんな調子で、ほとんど眠れない日々が続いた。もちろん、昼寝もできない。睡眠不足でぼーっとしているうえに、四六時中ワーワー泣かれるのでイライラがたまり、夫や母に八つ当たりしてしまうこともよくあった。

何しろ、外に出るのは、夕食の食材を買いにスーパーに行くときだけだ。それも、何を買うかあらかじめ決めて行き、目的の物をササッとかごに入れると、脱兎のごとく家に帰らなければならない。

ストレスを発散する場もないし、とにかく眠たい。ひと晩でいいから、ぐっすり眠りたい。それがこのころの私のたったひとつの願いだった。

病院にいるときの、あのおとなしくて賢かった子どもたちは、いったいどこに行ったのだろう。でも、どんなに眠かろうと疲れようと、やるしかないのだ。

嘆いている暇なんかなかった。


そんなある日のことだった。前夜もほとんど眠れなかったので、頭が重く動悸がしていたが、いつものことだとあまり気にはしていなかった。ただ、何だか一日中からだがフワフワして、雲の上を歩いているような感じがした。

夜九時ごろ、夫の夕食のしたくをしようと思い、何気なく冷蔵庫を開けたとたん、私はふわーっと倒れてしまった。

「だれか来てー！」

と叫ぼうとしたが、ろれつが回らない。どういうわけか、口もからだもしびれて、手も動かせず、声も出せないのだ。バーンという音に驚いて母が飛んできた。

「うわっ、ふみちゃん、どうしたの？」

「何事や」

夫も駆け付けてきた。

「いや、どうしよう」

母がおろおろと夫に聞いている。

「救急車や」

夫があわてて電話する声が聞こえる。私は必死にもがいて何かを訴えようとしたのだが、どうしてもしゃべれない。「もうこのましゃべれないのかな」と思うと、背筋に冷たいものが走った。夫は夫で、このまま私が死んでしまうのではないかと、気が気ではなかったらしい。

私は救急車で夜間外来に運び込まれ、点滴を受けた。すると、すぐにふだんの私に戻った。ふつうにしゃべれるし、からだも動かせる。あまりに簡単に治ったので驚いたが、とにかく家に帰れると思うとうれしかった。子どもたちのことが心配で、点滴を打っている間も早く終わらないかと気もそぞろだったのだ。

ところが、私が「帰る」と言うと、先生が引き止める。

「いや、それは無理ですよ。今日は泊まってください。もう少し様子を見たほうがいいでしょう」

「いえ、帰らせてください。うちの子は三つ子なんです。まだ三か月で心配やからすぐに帰らんと。お願いします」

「えっ、三つ子ですか……。それは大変ですね。じゃあ、お大事に」

先生も三つ子と言われては帰宅を許さざるを得ないようだった。

睡眠不足と過労が原因だと思うが、おっぱいをたくさん出していたので脱水症状を起こしたのかもしれない。相変わらず母乳はビュービュー出て、本当に助かっていた。これがミルクだったら、さらに授乳に手間がかかり、とてもやっていられなかっただろう。

私は、肉類が大好きなのだが、脂っこいものを食べているといい母乳が出ないと聞いてから、できるだけ食べないように心がけ、豆腐や緑黄色野菜、野菜スープなどをしっかりとるように努力していた。その甲斐もあったのか、びっくりするほど母乳はよく出た。神様も、少しは配慮してくれたのだろうか。

雪が舞い降りそうな底冷えのする夜、私はタクシーを飛ばして帰宅した。

そして毎日は続く

倒れたからといってゆっくり休むわけにはいかない。母は平日の日中は懸命に手伝ってくれたが、週末は大阪の家に帰るし、夜までは頼れない。

夫は診療所を切り盛りしなくてはならず、二軒の老人施設にも診察に行っていたので、一日も休みはなかった。年に二回の旅行のときだけ、仕事を調節して休みを取るのだ。そのため、ほとんど戦力にはならなかった。夫にしてみれば、仕事をしているほうがよけいなことをあれこれ考えずにすむので、気が楽なのかもしれなかった。

毎晩十時ごろに帰り、一時間ぐらい二階の自分の部屋でくつろぎ、入浴して夕食をとる。それが夫の日課だった。私は、夫がリビングに下りてくる時間を見計らって調理を始める。料理は大好きだったし、冷えたものを食べさせたくなかったので、手を抜くことはなかった。

夫が遅い食事をとっている間も、私は授乳をしたり、おむつを替えたりと大忙しだ。紙おむつは、多いときは一日四十枚ぐらい使った。最初は神経質になっていて、泣くとすぐに替えていたので、買い置きのおむつがあっという間になくなった。おかげで、おむつかぶれに悩むことはなかった。

困ったのはうんちが出ないことだった。やすきは自力でしたが、上の二人は腹筋が弱いので、うんちを出すことができなかった。そのため、私が毎日、綿棒で刺激してやらなければならなかった。

「ほら、たか君、出るかな、出るかな」

と、おしりを見ながらコチョコチョやっていると、

「うわっ」

顔にベチョベチョのうんこがピューッと飛んでくる。黄色いツブツブが混じっていたり、緑色だったりすることもある。しょっちゅうひっかけられたが、不思議にわが

子のうんちは汚いとは思わないのだ。

母の愛は強し！

「ああ、よかったね。出たぞ。えらい、えらい」

まず子どものおしりをふいてやり、急いで自分の顔を洗いにいく。

こんな具合で、相変わらず殺人的な忙しさ。夜もろくすっぽ眠れない日々が続いた。やはり疲労がピークに達していたのだろうか。私はまたしても、同じ症状で倒れてしまったのだ。最初のダウンから、ちょうど一か月後のことだった。幸いにも今回も夜で、夫も母もいたため、すぐに救急車で運ばれた。

病室のベッドに横たわり、点滴を受けていると、おっぱいがツーンと張ってきた。子どもたちはどうしているのかな。おなかをすかせて泣いていないだろうか。この調子で毎月倒れるようになったらどうしよう。弱気になりかけたが、すぐに振り払った。めげている場合じゃない。私がしっかりしないと、あの子たちはどうなるの。

そう思うと、また闘志がふつふつと湧いてきた。この前と同じように、点滴が終わるとしゃんとしたので、さっさと帰った。

私は、少しでも楽になるように、電動ゆりかごを買った。それまでは、寝かしつけるときは、座布団を斜めに置き、子どもを真ん中にあおむけに寝かせて、両側からくるっと巻き、両端をつまんでせんたくばさみで止めて、即席のハンモックを作っていた。それを、片手に一つずつ持って、ユラユラ揺らしてあやすのだ。小さくて軽いからこそできる技だった。しかし、あとの一人は泣かせておくしかない。

電動ゆりかごだと勝手に揺れてくれるので、私の労力がかなり軽減される。一人入れて寝たらそっとベッドに運び、よし次、よし次、という具合にゆりかごに入れていく。これは、かなりうまくいった。

このまま朝まで起きないでいてくれたら、どんなにハッピーだろう。毎晩、かすかな期待を抱くのだが、二時間も経つとその期待は見事に裏切られる。

いったい、いつになったら平穏な夜が訪れるのだろう。

第三章　神様なんかいてない

脳性麻痺だったなんて

こうしてあわただしく毎日が過ぎていき、ふと気が付くと新緑がまぶしい季節になっていた。

わが家の三人の子どもたちは、無事に一歳のお誕生日を迎えた。体重は七キロ足らず、身長も六十センチ前後と、一般の一歳児に比べるとずいぶん小さかった。でも、私はそんなことは気にならなかった。ここまで育ってくれただけで十分に幸せだった。

退院当初は、おっぱいをあげてもあげても体重が増えず、きちんと育つかどうか不安でたまらなかった。それが、小さいとはいえ、たいした病気もせずにお誕生日を迎えることができたのだ。おっぱいも三時間ぐらいは間隔があくようになった。遅々とした歩みでも、子どもたちなりに着実に成長してくれていることがうれしかった。

さらに、うれしかったのは、やすきが寝返りをするようになったことだった。少し前から、それらしい素振りを見せていたので、うつぶせにしてみたり、転がりそうになると手を添えてやったりしていたのだが、その日、見事に自力で寝返りをしたのだ。

「ヤッター！　できたやん。すごい、すごい」

母も飛んできて、大喜びだ。ふつうより早いとか遅いとかは、私には関係なかった。とにかく、ひとつでもできることが増えたことがうれしかった。ただ、やすきができるとなると、ほかの二人が寝たっきりで素振りも見せないことが気になった。どうして、この子たちはぜんぜん動かないのだろう。

授乳間隔が少しあくようになったこともあり、私はそろそろやすたかのリハビリを始めようと決心した。出産したK子ども病院に紹介された市のN療育園が、車で二十分ほどのところにある。母には、さらっと説明した。

「ちょっと、やすたかは脳に傷があるらしいの。でも、リハビリしたら治るから心配ないよ。今日から、行くことにするわ」

「そう、早く治ったらいいね」

母も、詮索はしなかった。こういう母の態度に、私はどれだけ救われたかしれない。

その日、私は三人の授乳をすませ、あとの二人を母に預けて、やすたかをN療育園に連れていった。かなり古くて暗い感じがする建物だったが、理学療法士や作業療法士、言語療法士の先生が何人もいて、リハビリ施設としては実績のあるところだという話だった。

施設の中に入ると、子どもたちが、ゴロゴロと床に寝ていた。立つことも座ることもできないらしい。

「かわいそうに。大変そうやなあ」

私は他人事のように思った。このときまでは、やすたかはここでリハビリしたらふつうに歩いたり走ったりできるようになると、信じていたのだ。

「がんばるぞー」

私は、どんなことをしてでもこの子の病気を治してあげようと、あらためて心に誓った。

最初に小児科医である園長先生の診察があった。五十代のやさしそうな女の先生だ。

「K子ども病院で出産されたのでしたね。向こうから何か預かってきましたか？」

私はやすたかのMRIの写真を渡した。

「脳室周囲白質軟化症と言われたのですが」

光に照らされて、脳の断面図が浮かび上がった。それを見て、先生は穏やかにこう言った。

「脳性麻痺ですね」

「えっ？　脳性麻痺？」

何かの聞き間違いだと思った。

「脳室周囲白質軟化症というのは脳性麻痺になるのですね。酸素不足で運動中枢が冒されて……。……これは、脳性麻痺なんですよ」

私はやすたかを抱いたまま、その場に凍り付いた。言葉も出ない。

「放っておくとからだが固まってきますから、リハビリしないと変形してしまいます。がんばって、リハビリやってくださいね」

気の毒そうな口調で、園長は噛《か》んで含めるように説明してくれた。しかし、私は頭の中が真っ白になり、先生に何を言われているのかほとんど理解できなかった。理解したくもなかった。ただ、「脳性麻痺」という言葉だけが、グルグル回っている。涙があふれて、やすたかを抱きしめている手の上にポタポタとこぼれ落ちた。抑えようと思っても嗚咽《おえつ》がもれる。立ち上がることもできない。

その後どうやって帰宅したのか、まったく覚えていない。母には何も言えなかった。できる限りふつうに振る舞ったつもりだが、母の目にはどう映ったかわからない。一人になると、涙がこぼれた。

「脳性麻痺やなんて。この子は一生歩けない、ご飯も食べられない。言葉もしゃべれない。もうダメや」

脳室周囲白質軟化症と言われたときは、リハビリすれば治ると信じられたが、脳性麻痺にはもっと深刻な、おそろしいイメージがあった。夕食も喉を通らず、私は母に隠れてずっと泣いていた。

夫には言わないわけにはいかない。でも、どう告げればいいだろう。長男のやすたかが脳性麻痺だったなんて。跡継ぎにと期待しているに違いないのに。思い悩んでもいい解決法があるわけもなく、その夜、私はありのままを夫に告げた。病名を、口に出すことさえおそろしかった。

「やすたかは脳性麻痺やて」

「……」

夫はうすうす予想はしていたようだが、それでもショックは隠せなかった。

「がんばって、リハビリしてくださいって」

「リハビリ受けたらどないなる？　それでふつうになるんか」

夫は怒ったような面持ちで私に聞いてくる。

「そんなん、やってみんとわからないわ。とにかくやるしかないやんか」

私は、夫の前で涙を見せたことはない。そのときも、何とかこらえることができた。

沈うつな表情で黙り込んでいる夫を残して、私は部屋を出た。


子どもたちが泣いている。おなかがすいたようだ。

どんなに落ち込んでいても、心がずたずたになっていても、私にはしなければならない仕事が待っていた。やすたかにおっぱいをあげようと抱きかかえると、涙で顔が見えなくなった。

「ごめんね。元気な子に産んであげられなくて」

もう一度、妊娠したときからやり直せたら……。どんなに望んでもできっこないとわかっているのに、そんな思いが何度もつきあげてきて私を苦しめた。

その夜は、授乳のせいではなく、一睡もできなかった。

もう生きていけない

しばらくは、「脳性麻痺」と告知された瞬間の光景が繰り返し脳裏に浮かんだ。殺風景な診察室、浮かび上がった脳の断面図、園長先生の気の毒そうな口調……。そのたびに涙があふれた。

ウソだと言ってほしい。

あれは悪夢だったと思いたい。

夫や母の前では、ふだん通りに振る舞うように心がけたが、一人になると落ち込んで、どう自分の気持ちを立て直したらいいのかわからなかった。

しかし、子どもたちは待ってくれない。おっぱいが欲しいといっては泣き、おしっこが出たといっては泣く。涙はひとまずおいて、私は機械的に子どもたちの要求に応じていくしかなかった。一年も経てば手慣れたものだ。心ここにあらずの状態でも、私はてきぱきとこなすことができた。そうして、一日中忙しく子どもたちの世話をしていると、つらさが紛れた。私は煩雑な日常生活に埋没することで、徐々に現実を受け入れるようになっていった。

N療育園には週に一度通うことになっていた。リハビリの先生が、歌をうたいながら、手の筋を伸ばしたり、足を曲げ伸ばしして、からだの緊張をほぐしていく。本を読んでくれることもあったし、テープをかけてくれることもあった。私もリハビリのやり方を教えてもらい、見よう見まねでいっしょにやった。

家でも、またを広げたり足を伸ばしたり、おむつ交換のたびに懸命にリハビリをした。小さくて細いので、足が折れたらどうしようとこわごわだった。しかも、どの程度力を入れたらいいのか、そのかげんがよくわからない。

「ここまで開いてだいじょうぶかな。でも、やすきは全部開いてるから、もうちょっといけるやろ」

と、またを開いていくと、やすたかが突然泣く。私はあわてて手を離す。

「ああ、やり過ぎたみたい。痛かった？　ごめんね。じゃあ、これぐらいだったらどう？」

　こんな調子で試行錯誤の連続だったが、少しでもよくなってほしい一心で、私は熱心にやすたかのリハビリに励んだ。

　そのうちに、私はふと気が付いた。

「そういえば、ゆうかも固いなあ」

　やすきはからだがやわらかく、またも全開になるし、手や足も曲げたり伸ばしたり活発に動かしていた。ところが、ゆうかはやすたかと同じで、からだが固いうえにほとんど動かない。ずっとあおむけに寝たままだし、てのひらをグーに握ったまま開かないのだ。やすきとはぜんぜん違う。

　何かおかしいな。

　しかし、ゆうかは退院前の検査では何も異常はなく、K子ども病院の先生に太鼓判を押されていた。

「やすき君とゆうかちゃんは、このまま元気に育っていくでしょう。安心してください」

泣き声も大きいし、おっぱいも吸える。だいじょうぶだと思ったものの、ちょっと気になったので療育園にやすたかを連れていったときに、園長先生に相談してみた。

「やすきに比べてからだが固いみたいやし、手を開かないんですけど」

「すぐに連れてきてください。診てみましょう」

一週間後、やすたかのリハビリのときに、ゆうかもいっしょに連れていった。

もし、この子もどこか悪いって言われたらどうしよう。いや、女の子だからやすきほど活発じゃないだけ、ちょっとからだが固いだけ、きっとそうだろう。

どんなに楽観的に考えようとしても、波のように押し寄せる不安を抑えることはできなかった。

園長先生は、一目見てわかったようだ。

「この子も同じ、脳性麻痺だと思います。いっしょにリハビリを始めましょう」

「この子も……。この子もですか？」

私は、一瞬気が遠くなって、その場に倒れそうになった。

ゆうかまで……。

ショックのあまり、腰が抜けたようになり、立ち上がることもできなかった。涙があふれて止まらない。いっそこのまま死んでしまいたかった。


どれだけ時間が経ったのだろう。ほんの数分かもしれないし、数十分かもしれない。おそろしい白昼夢を見ているような気がして、現実の出来事とは、にわかには信じられなかった。

よろよろしながら、やっとの思いで二人を連れて車にたどり着いたものの、涙で前が見えない。指が震えてハンドルも握れない。

私は、号泣した。

はじめて思いっきり声をあげて、泣いた。

一生分の涙を流した気がした。

家に帰っても、何もやる気になれず、何も考えられなかった。ただ、

「もう、私は生きていけない。二人とも脳性麻痺やなんて。よう育てないわ」

という思いだけが、駆けめぐる。毎晩ろくに眠れず疲れていたこともあって、よけいに気が滅入った。

もちろん、母には言えなかった。やすたかが脳性麻痺だということも言っていないのに、ゆうかまでそうだなんてとても話せなかった。母には心配をかけられない。

夫は、愕然として声も出ない様子だった。

「ゆうかも。ゆうかもそうやて？　何でや？　何で二人も……」

夫はことにゆうかをかわいがっていたので、なおさらショックが大きかっただろう。

私も、女の子だから大きくなったらおしゃれをさせて、いっしょにショッピングや旅行を楽しみたいと思っていた。

妊娠中に描いていた夢が、一つひとつガラガラと崩れ落ちていく……。

「もう、死んじゃおうか。子どもたちを連れて」

私は本気で「死のう」と考えた。生きていく希望がすべて奪われたような気がした。落ち込んでいるところや泣いているところを見せたくなくて、母や夫の前では何事もなかったかのように振る舞っていたが、一人になると涙があふれた。どうしたら楽に死ねるか、そればかり考えた。

車に乗れば、

「このまま突っ込んでしまえば、あっという間に死ねるなあ」

と思い、病院に行けば、

「小さいから三人とも抱っこして、ここの屋上から飛び降りようか」

と、考えてしまう。

「何で私だけこんなことになるんやろ。何も悪いことしてないのに。神様なんかいてない」

私は運命を呪った。

そういえば、過去にもこんなことがあった。あのときも、私は思った。

「この世に神様なんかいてない」

足が腐った？

「いいから、あっちに行ってて。お母さんに私の気持ちなんかわからないでしょ！」

私は母に枕を投げ付けた。もう八か月も右足を吊られて、私は病院のベッドに寝たきりになっていた。そのころは反抗期真っ盛り。動けないストレスと、先の見えない焦りで母に当たりまくっていた。

「いつになったら退院できるの？」

と、母に詰め寄っては困らせていた。

中学の卒業式の翌日、私は入院したのだった。

その半年も前から右足に激痛が走り、歩くのもつらい状態が続いていた。はじめは肉離れかも、と簡単に考えていたのだが、そんな生やさしいものではないということだけは、すぐにわかった。

最初に行った病院では、筋電図というものを撮った。布団針のような、太く大きな針を太ももに何本も刺して、そこに電気の線のようなものをつなぐ。それがあまりにも痛くて耐えられない。思わず泣いてしまった。ふと目を上げると、ガラス越しに、涙を流しながら心配そうにのぞき込んでいる母の顔がぼやけて見えた。その針を抜いたら、跡が紫色になっていた。

そんなにつらい思いをしたのに、医師はこう言うのだ。

「特に異常はないようですね。何で痛いんでしょうな」

「ダメだ、ここは。ほかの病院、探そう」

近くの外科や整形外科はもちろんのこと、評判がいいという病院は片っ端から受診した。大学病院にも行った。しかし、だれも痛みの原因を突きとめてくれない。

しばらくは痛み止めを飲んでかろうじて通学していたが、熱が三十九度も出るようになり、それも困難になった。しまいには、足が茶色くなってきたのだ。

「お母さん、変色してきた。この右足腐ってるのと違う？　どうしよう、このまま治らなかったら」

高熱と痛みと不安で、私は気が狂いそうだった。一日に三十錠ぐらい痛み止めを飲んでも、まだ痛い。足をなでても何の感触もない。

いったいどうなっちゃったの、私の足は？

「こんなに調べても原因不明やし、一生治らないわ。こんな足、もういらん。とにかく、痛いの止めて！」

私が爆発して泣きわめくと、母もつらそうに顔をゆがめて、必死になだめる。

「だいじょうぶよ。いい病院、探すから。絶対治してあげるからね」

母は私以上に不安だったろう。父はすでに亡く、すべて母一人で対処しなくてはいけなかったのだから。

言葉通り、母はあちこち走り回って、懸命に情報を集めてくれた。

「ふみちゃん。ちょっと遠いけど、ここの病院の整形外科に、すごくいい先生がいるんだって」

「今度こそ、本当なんでしょうね。また、わからないなんて言わないでしょうね」

この半年の間に、十四軒ぐらいの病院をはしごしていた。行くたびに落胆を繰り返し、私はすっかり医者不信になっていた。

「だいじょうぶ、今度こそだいじょうぶよ」

こうして、一縷《いちる》の望みを抱いて、その病院を受診したのが卒業式の翌日だったのだ。

また一から検査のやり直しだ。うんざりしたが、ついに元凶がレントゲンに写り、そこで病名が判明したのだ。

「骨髄炎ですね。開けてみないと、良性か悪性かはわかりません。すぐに入院してください。骨に細菌が感染して炎症を起こしていますから、悪い部分を切除する手術をします」

不安は残ったが、病名がわかっただけでも一歩前進だった。これでやっと治療してもらえる、痛みから解放されると思うと、心底うれしかった。

その日に私は入院した。

ところが数日後、術前の説明を聞きにいった母が、泣きながら病室に戻ってきたのだ。

どうしたんだろう。これは絶対に何かある。「もう治らない」って言われたのかな。それとも……。

心臓がドクンドクンと音を立てて鳴った。

「何があったん？　ねえ、お母さん。ひょっとして私、ガンなん？」

「違う、違う。そんなん違うよ」

母は激しく首を横に振って打ち消しながらも、私の顔を見てワーワー声をあげて泣く。言葉で「違う」と言っても、表情で「そうだ」と言っているようなものだった。母の言うことが信じられるわけがない。ますます不安が募った。

ちょうどそのころ、ヒロインが骨肉腫に冒されて、悲しい最期を遂げるというストーリーのテレビ番組が人気になっていた。私もよく見ていたので、これに違いないと思い込んだ。

「症状が同じじゃん。私もきっとあれや。このまま死ぬんや。遺書、書いたほうがいいかな」

足を切断されるんやったら、この病院から飛び降りよう……。

せっかく病名がわかったと思ったのに、実は不治の病だったなんて、ホントにアンラッキーだ。私はすっかり悲劇のヒロインになった気分だった。

あとで母に聞いた話によると、そのとき、医師にこう告げられたらしい。

「最悪の場合は足を切断します。もし、切断を免れても、もうふつうには動かせないかもしれません。気の強い子に限って飛び降りたりするから、お母さん、絶対に娘さんには言わないように」

この医師の言葉を守って、母は言いはしなかったのだが、態度がすべてを物語っていた。

しかし、幸いにも手術の結果、良性の骨髄炎であることがわかり、足も切断せずにすんだ。ほっとしたのも束の間、それから先が長かった。

毎日、抗生剤を注入して洗浄するのだが、どうしても細菌が消滅しないのだ。二週間ごとの検査で、常に陽性になる。

「これが陰性にならないと、退院はできないね」

「いつごろ、陰性になるんですか？」

「うーん、それはちょっと……」

先生も首をかしげるばかりで、まったく先の見通しが立たなかった。

何度洗っても膿がたまってくる。洗浄液を注入する管に血が混じって固まり、逆流した液がもれてギプスの中の足がパンパンに腫れ上がったこともある。

取っても取っても膿がたまるので、私は四回も手術をするハメになった。最後には傷口をふさがないで開けたまま、削った大腿骨にガーゼを詰めて洗浄した。ガーゼはカチカチに固まり、そのつど交換しなければならない。傷口が開いているので痛みが激しく、痛み止めの注射を何本も打たねばならなかった。

「手術をしたら治るって言ってたのに、何でいつまでも治らないの？　高校、ずっと行けないやん」

入院が長引くにつれ、私はだんだん絶望的な気分になり、荒れて母に八つ当たりすることが多くなった。

「みんな遊んでいるのに、何で私だけこんなところで寝てないとあかんの？　やっぱり、もう治らないんや」

「そんなことないって。絶対、治るって」

「ウソつき！　痛いし、ちっとも治ってないやん」

母がとりなしても、私は聞く耳を持たなかった。

「この世に神様なんかいてない。私はこの年でもう死ぬんや。きっとそうや」

気の強い私も、さすがにこのときだけは楽観的にはなれなかった。

雨が降った日はうれしかった。

「みんな外で遊べないわ。どこにも出かけられないわ。私とおんなじや」

そんな意地悪なことを考え、そう考えている自分に、また腹を立てるのだった。

結局、退院するまで九か月もかかった。その間ずっと右足を上から吊られてベッドに寝ていたので、すっかり筋肉が落ち、背骨も曲がってしまった。そのため、歩くと、どうしても足をひきずってしまう。これが癖にならないように、きれいに歩こうと私は懸命に努力した。

リハビリに通い、努力を続けたおかげで、一年後には私はふつうに歩けるようになっていた。

子どもと母に励まされて

そう、あのときは乗り越えたのだ。必死の努力で、私は足をひきずらずに歩けるようになった。

退院の際に、

「良性でしたが、五、六年は再発のおそれがありますので、十分に気を付けてあげてください」

と、母は言われたらしい。そのため、ずっとハラハラしていたようだ。私はそんなこととは露ほども知らず、退院後は、以前のバイタリティーと明るさを取り戻し、楽しい高校生活を送った。ただ、走ることだけはできなかった。骨を削ったところが空洞になっているので、走ったりするとポキッと折れそうでこわかったのだ。

それが後遺症といえば言えるかもしれない。

あともうひとつ。いつも数日で治まるのだが、毎月、三十九度の原因不明の高熱が出るようになった。そのたびに母は、「すわ、再発か」と、気が気ではなかったようだ。ところが、子どもを産んで、ぴたりとその熱が止まったのだ。幼いころから、どこかしらに出没していたアトピーも出なくなった。体質が変わったのだろうか。とにかく、すっかり元気になったのだ。この子たちのおかげで。

そうだった。出産してから、私は高熱とアレルギーとは縁が切れたのだった。育児に夢中になっていたからだろうか。あまりにも忙しくて熱なんか出している暇がなかったからだろうか。

親子心中しようかと、一時は本気で思った私だったが、無心におっぱいを吸っている子どもたちを見ていると、いとおしくて、この命を絶つことなんてとてもできないと、悟らざるを得なかった。子どもたちには何の罪もないのだ。

「ほら、ゆうちゃん。おしめ替えようね」

母が、にこにこ顔でおしめを替えている。ほとんどあおむけで寝たっきりのゆうか。はじめは、未熟児だから何事も遅いのだろうと、母も納得していたようだった。

でも、一歳も過ぎて、やすきが自由に寝返りできるようになった今でもさっぱり動かない二人を、おかしいと思わないはずがない。母は、私と兄と、二人の子どもを育てたのだから。しかし、母は何も言わないし、聞くこともなかった。

ただただ、三人をかわいがってくれていた。この母を悲しませることなんて、できるはずがない。

妊娠する前、冗談交じりに母に言ったことがある。

「一回ですむから双子やったらええなあ」

「何言ってるの。大変よ」

双子までは考えたことがあった。三つ子はまったく計算外だった。障がい児も計算外。

でも、子どもは本当にかわいい……。

いったい、何をクヨクヨしていたのだろう。

障がいがあろうとなかろうと、私の子であることに変わりはないのに。かわいいことに変わりはないのに。

ゆうかまで脳性麻痺だと告げられて、一か月ほどは失意のどん底にいた私だったが、しだいにそんなことは、どうでもよくなってきた。あれこれ考えるのもめんどうだった。とにかく忙しくて、いちいち死んでなんかいられない。

「私がくじけてどうするの。だいたい、脳性麻痺やから一生治らないとはひと言も言われてない。一生懸命リハビリしたら、二人ともふつうの子のように歩けるようになるかもしれないやん」

そう思うと、かすかな希望が湧いてきた。

「よーし、負けないぞ。がんばろう」

私は、昔から異常に立ち直りが早かった。ひょっとしたら治るかもしれないと思ったら、もう泣いてなどいられない。

「この子たちのために、できるだけのことをやってあげよう」

私は固く決心した。

その年の七月、一歳一か月で、やすたかとゆうかはN療育園に正式に入園した。それまでは週に一度のリハビリを受けるだけだったが、毎日通園して、本格的な保育を受けることになったのだ。N療育園は母子通園して私も一緒に保育に参加しなくてはいけないので、三人とも連れて通うことにした。やすきは、隣にある託児室に預けた。そこには、やすきと同じ立場の障がい児の兄弟姉妹たちが集まっており、保育が終わるまで遊ばせてくれた。

N療育園には、ダウン症、自閉症、脳性麻痺など、さまざまな障害を持つ六歳までの子どもたちが通っていた。立てない、座れない子は、みんな床にゴロゴロと転がっている。

やすたかやゆうかと同じや。

もう他人事ではなかった。

歌をうたったり、本を読んだり、リトミックをしたり、遊んだり、保育の時間は四十分ほどだった。その後リハビリを四十分する。週に一度はリハビリの先生がやってくれるのだが、それ以外の日は私がやるのだ。

手足を伸ばしたり曲げたり、さすったりうつむけにしたり、私は懸命に取り組んだ。

ここでがんばれば、この子たちは歩けるようになるかもしれないと思うと、一分もおろそかにはできなかった。

ほかのお母さんたちも真剣そのものだ。みんな子どものために、一心にがんばっている。その姿に、ずいぶん励まされた。

最後に、子どもたちは給食、親はお弁当を食べて一時ごろにお帰りとなる。

私は、さっそく同じクラスのお母さんたちに声をかけてみた。

「うちは脳性麻痺で、まだ二人とも寝返りもできないの」

「そう、うちも脳性麻痺で全介助やけど、お宅は二人やから大変ね」

「いや、実は三つ子なの」

「エーッ、三つ子？」

「もう一人は隣に預けているのよ」

「……」

いろいろな子がいた。

「うちの子は染色体異常で、知的障害もあるの」

「うちは肢体不自由やからお宅と同じやわ。手は使えるけど足はダメなの」

「足は何とか立つんやけど、しゃべれなくて」

「ご飯を自分で食べられないし、目も見えないのよ」

やすたかたちより重い障がいがある子も多かった。はじめはそんな子を見ると胸が詰まって、何と声をかけたらいいかわからなかった。目のやり場に困ることもあった。

だが、通ううちにしだいに慣れて、

「こうちゃん、おはよう。元気?」

と、自然に声をかけられるようになった。

お母さんたちともすぐに仲良くなった。私も人一倍明るく振る舞っていたが、みんな障がい児の母とは思えないほど陽気だった。それまで母と二人きりで家に閉じこもって育児をしてきたので、たわいもないおしゃべりができるのが、私には何よりも新鮮でうれしかった。

第四章　ひとさじぐらい食べてよぉー！

離乳食スタート

そろそろ離乳食を始めよう。

ふつうなら五か月ぐらいでスタートするらしいが、私が決心したのは一歳四か月のときだった。いつまでもおっぱいだと栄養不足になってしまう。N療育園で給食も出るのだから、このあたりで食べる練習をさせなければ。

母乳が十分に出ていたし、飲んでいる顔がかわいくて、私はまだおっぱいから離したくなかった。そのため、なかなか踏ん切りがつかなかったのだ。断乳するのは大変だと聞くが、わが家の場合は断乳したくないのは子どもではなく私のほうだった。

料理好きな私のこと、最初は張り切って自分で作った。まずは定番のおかゆだ。コトコト煮込み、さらにフードプロセッサーでドロドロにした。三人とも小さいし、やすたかとゆうかは座ることができないので、一人ずつ抱っこして食べさせることにした。

「さあ、やすき君、食べようね」

ひとさじあげようとしたが、口を開いてくれない。

「あーんしてごらん」

「ほら、おいしいよ」

「がんばって食べようね」

いくら声をかけても、どうしても口を開けない。

うーん、頑固者！

「じゃあ、ゆうちゃん、食べてみる？」

やすきが抵抗するので、ゆうかを抱き上げて食べさせようとした。しかし、やすきと示し合わせてでもいるように、口を開けない。やすたかも同じだった。三人とも断固拒否だ。

「もう、せっかく作ったんだから、ひとさじぐらい食べてよねー！」

翌日も、その次の日も、何回チャレンジしてもひとさじも食べない。

「おかゆがいやなわけ？」

ほうれん草の裏ごし、かぼちゃの裏ごし、うどんのくたくた煮など、メニューを変えてみたが同じことだった。作っては捨て、作っては捨てで、さっぱり進まない。離乳食を食べさせるのが、こんなに大仕事だったなんて……。

さんざん三人にあれこれ試したうえ、最後に一人ずつおっぱいをやるので、今まで以上に授乳に時間がかかるようになった。

だんだんイライラしてきて、作るのもいやになってきた。

「もう、いいわ。ベビーフードにしよう。手作りにこだわる必要なし！」

私がこわい顔をして、食べろ食べろと迫ったのでは、子どもたちも食欲がなくなるだろう。スマイル、スマイル。

スーパーに行くと、目移りして困るほど、さまざまな種類のベビーフードが置いてある。これも、これもとかごに入れていくと、けっこうな量になった。

「まあ、いいか。これだけあったら、どれか気に入るかもしれない」

作戦は大当たり。悔しいが、母の愛がたっぷりこもった離乳食より、市販のベビーフードのほうが口に合ったようだ。といっても飲み込むところまではいかない。一応口の中に入れるというだけだ。すぐにダラーと口のはしからこぼれ出る。

「ごっくんしてごらん。ほら、ごっくん」

「いい？　こうよ。お母さんのまねして」

「ごっくんと飲み込むの。ダラーと出したらあかんの」

一日に五、六回チャレンジしたが、どうしても飲み込めない。

「何で、こんなに簡単なことができないんやろ」

一週間ぐらいそれが続くと、この子たちは本当に食べられるようになるのかと、不安でたまらなくなった。

たまたま友達から電話がかかってきたので、私は思わず愚痴ってしまった。

「子どもたちがちっとも離乳食を食べてくれなくて、困ってるの」

「ふーん、うちの子はよく食べるけどなあ。何でやろ」

それを聞いて、よけいに落ち込んでしまった。

どうしよう、一生食べられなかったら。

私は大量にベビーフードを買い込んで、毎回違う種類のものを試してみた。りんごの裏ごし、かぼちゃの裏ごし、にんじんがゆ、スイートポテト……。マンゴープリンやバナナプリンなどを開けたこともあった。残ったものは全部私がたいらげた。

そうこうして、二週間ぐらい経ったころ、

「ヤッター！　ごっくんできたやん」

やすきがひとさじ飲み込んだのだ。たったひとさじだったが、飛び上がるほどうれしかった。

「いける。だいじょうぶや。食べられるわ」

しかし、翌日はまたダラー。

「これがおいしくないのやろか。じゃあ、これはどう？」

次々に開けては、結局私が食べるハメになる。

「うーん。おいしいやん」

いったい、どれだけベビーフードを食べたことだろう。ベビーフード試し食い選手権なんかがあったら、余裕で優勝できただろう。

あとの二人は、さらに時間がかかった。最初のひとさじを飲み込んだのは、離乳食を開始して一か月も経ってからだった。特にやすたかは、おっぱいと同じで、食べようとするとからだが反ってしまう。私は両足を立ててそこにもたれさせ、後ろに反らないように工夫してどうにか食べさせた。

そんなに苦労しても、ほんのひとさじかふたさじ食べるだけだ。しかも、飲み込んだと思ったら、ガバッと吐く。三人ともしょっちゅう吐いた。そのたびに服を着替えさせ、床をふき、また一からやり直し。

あーあ。

だいたい、一人食べさせるのに四十分ぐらいかかった。母も手伝ってくれたものの、全員に食べさせ、おっぱいまでやると、一回の食事時間は軽く二時間を超える。以前よりさらに私は忙しくなった。

三回食になったころには、離乳食とおっぱいで一日が終わってしまった。療育園にも連れていかなければならないし、時計の針がビュンビュン回る音が聞こえてきそうだった。

恒例となった深夜のドライブ

「ああ、眠い。何であの子たちはいっぺんに寝てくれないのかな」

そのころの私の悩みといえば、離乳食を思うように食べてくれないことと、子どもたちの寝つきが悪いことだった。三人とも宵っ張りなうえに、バラバラといろいろな時間に寝る。いっせいに寝てくれたら、私ももう少しゆっくり眠れるのに……。一時間、二時間と細切れではなく、せめて四、五時間、まとめて眠りたかった。

そんなある日、母の都合で夜、出かけることになった。子どもたちを置いてはいけないので、車に乗せていっしょに連れていった。

用をすませて十一時ごろに帰宅したら、何とチャイルドシートの中で三人ともスヤスヤ眠っているではないか。私と母はそーっと子どもたちをベッドに運び込み、そのまま朝まで寝かせることに成功した。

「そうか、これや」

深夜のドライブが始まったのは、それから間もなくのことだった。夫も協力を申し出てくれた。ふだんの育児参加は望めないのだし、それくらいは当たり前と甘えることにする。

夫の貢献といえば、肩こり症の私のために肩もみしてくれるのと、日曜日に早めに帰って子どもの相手をしてくれることだけだった。それでも何もしてくれないよりはましだったが。夫のマッサージはよく効いて、もんでもらうとすっと楽になったから。

夫は十時前後に帰宅するので、食事をすませて十一時ごろ出かけるのが習慣になった。一人をチャイルドシートに寝かせ、一人を母が抱っこする。私はいちばんぐずっている子を抱いておっぱいをあげる。夫は運転手だ。

近くの野球場や公園、駅の周辺などを回り、ひたすら車を走らせる。子どもたちを眠らせるためのドライブだから、大人はひと言もしゃべらない。ＢＧＭが静かに流れる中、黙々とドライブするのも変な気分だったが、早く寝てほしい一心だった。

「寝たよ」

母がささやく。

「よし、こっちも」

「おっ、この子もＯＫ」

「じゃあ、帰ろうか」

一時間ぐらい走ると、たいてい三人は眠りに落ちた。

毎晩、十二時ぐらいに帰宅し、夫と母はすぐに自室に入って就寝する。

私は、台所を片付け、リビングでのんびりコーヒーを飲む。ファッション雑誌を読んだり、爪の手入れをしたり、好きなアクセサリーを作ることもある。

「そんなことをしている暇があったら、早く寝たら」

と、よく友達に言われるのだが、一人っきりになる時間が欲しかった。子どもたちが寝ついたあとは、私が自由にくつろげる至福の時間だった。

結局、床に就くのは午前二時ごろだ。しかし、四時間ぐらいは続けて眠れるようになったので、朝はすっきり起きられた。私は爆睡する質《たち》なので、四時間でも十分だった。

昔から眠りは深く、いまだに夫にあきれられていることがある。

それは、一九九五年一月十七日、阪神淡路大震災のときのことだった。

当時はウォーターベッドに夫と二人で寝ていた。午前五時四十六分、そのすさまじい地震は起こった。夫は、ドーンという最初の揺れに驚いて飛び起きたという。ところが、私は眠っている。一メートルも上に飛んでいるのに、まだ起きない。

「地震にも驚いたけど、あの揺れの中で平気で寝ているおまえにはもっと驚いた」

とは、のちの夫の弁である。

そのとき私を目覚めさせたのは、母の叫び声だった。

「ふみちゃん、助けてー！」

「お母さん？　どうしたん？」

ベッドから下りて歩き出すと、何か踏む。停電になっていたので薄暗い。部屋の中がぐちゃぐちゃになっているのがぼんやり見えた。はじめは、夢でも見ているのかと思った。

「おまえ、一メートル以上飛んでたぞー」

と、夫が叫んだ。私には何のことだかさっぱりわからない。とにかく、そろそろとドアまで進んだ。ところが、どういうわけかドアが開かないのだ。

「開かない。いや、ドアが開かないわ。どうしたんやろ」

「ふみちゃん！」

母が涙声でドアをたたく。

私は満身の力をこめて、ドアをこじ開けた。すると、そこに愛犬のミーを抱いた母が座り込んでいた。

「こわくて、廊下をお尻ではってきたわ。ものすごい地震ね」

「地震？　地震があったん？」

夫は、私の上に物が落ちてこないように、揺られながら見張ってくれていたらしい。

部屋の外に出て廊下を歩くと、いろいろな物を踏んだ。特に台所は悲惨だった。食器棚が倒れ、食器が散乱している。部屋のはしに置いていたテレビは、反対側のドアまでふっ飛んでいた。

私たちは、その日のうちに車で大阪に向かった。大阪でマンションを経営していたので、しばらく避難することにしたのだ。被災した知人たちにも、空いている部屋を貸してあげることにした。

ところが、一歩外に出ると道路はズタズタ、信号も壊れている。そのため、車同士があちこちで衝突し、渋滞して身動きがとれない。線路は浮いて橋は落ち、ビルも倒壊している。映画を観ているようで、とても現実のものとは思えなかった。ふだんなら一時間程度で着くのに、この日は十時間もかかった。

駅前のビルに入っていた夫の診療所も、器具や薬が散乱して惨憺《さんたん》たるありさまだった。だが、幸いなことに、ビルはゆがんではいたものの、倒れてはいなかった。

「中さえ片付ければ、だいじょうぶそうや」

患者さんのために、診療はできるだけ早く再開しなければならない。私たちは、神戸の自宅の片付けは後回しにして、診療所の復旧に全力を注いだ。三日ぐらいでどうにかめどがつき、夫はすぐに診療を再開した。入れ歯をなくして困っている人が多かった。私たちは水をタンクに詰め、午前三時に大阪のマンションを出て、神戸の診療所まで毎日通った。

当時、子どももいなかったので私は診療所の手伝いをしていた。患者さんを見知っていたこともあり、スタッフといっしょに仮設住宅を一軒一軒回って、入れ歯を届けた。


こんな具合に、マグニチュード七の大地震でも起きなかったぐらい、私は熟睡することにかけては達人なのだ。おかげで、ドライブを始めてからは睡眠不足から解放され、私はいつも、元気はつらつだった。そして、毎朝一時間ほどかけて、髪をセットし念入りにメイクする。育児に疲れ、やつれた母になるのだけはご免だ。障がい児の母、三つ子の母だから、よけいに美しく装いたかった。

お母さんは、いつもきれいにして、笑っていなくっちゃ！

この深夜のドライブは、雨の日も雪の日も決行され、一年ぐらい続いた。

ホームパーティーではじけて

N療育園のお母さんたちとはどんどん交流が深まり、ほどなく子どもを連れてお互いの家を行き来するようになった。

「そうや、今度うちの家でホームパーティーしない？」

私は常に言い出しっぺだった。遊ぶのもおしゃべりするのも大好き。それまでも積極的にみんなを誘ってお茶飲みをしていた。集まるとショッピングやファッションの話で盛り上がるのが常で、将来を悲観したり、自分の境遇を嘆くような話はほとんど出ない。みんな明るく子どもの障がいを笑い飛ばす。私もグチグチ言うのは好きではないので、このお母さんたちとの交流は楽しかった。

「ねっ、たまにはパーッとやろうよ」

「たまには？　のがみさん、いつもパーッとやってるやんか」

「それもそうやな」

冗談を言いながら、あっという間に話はまとまった。ほかのクラスのお母さんたちからも声がかかる。

「私らも行っていい？」

「ええよ、ええよ。たくさんいるほうが楽しいやん」

当日、十数人のお母さんたちが、子どもたちを引き連れ、自慢の料理を一品ずつ持ち寄って、わが家に集まった。お父さんたちも三人ぐらい参加してくれた。子どもは全部で二十人ぐらいいるので、にぎやか、にぎやか。障がいのある子たちは、ごろんごろんと床に転がって、ビデオを見ている。その兄弟姉妹たちはひと部屋にまとまって、それぞれ好きなおもちゃを引っ張り出して騒いでいる。

私も朝早くから、張り切って三品ほど料理を作った。ふだんから料理は大好きで、自慢じゃないが、テレビにママ代表として出たこともある。パーティーともなるとますます腕が鳴る。メニューを考えるのも楽しみのひとつだった。

各自の料理をテーブルに並べると、豪華絢爛《けんらん》。つまみ、揚げ物、煮物、グラタン、パスタ、ご飯もの、サラダ、デザートと、ずらりとごちそうが並ぶ。

まずは料理の品評会だ。

「いや、これおいしい。どうやって作るの？」

「うわっ、これも。すごいおいしいわ」

互いにほめ合い、簡単にレシピを教え合う。私の料理は、作り方はおおざっぱだが、味は好評だ。

「のがみさん、料理教室を開いたらどう？　そしたら、私生徒第一号になるわ」

「でも、料理教室やったら、しょうゆ大さじ二とか、お酢カップ一杯とかきっちり言わないとあかんやん。みんな適当に入れてください、って言ってもいいの？」

「うーん。それもそうやな。やっぱり料理にも性格が出るな」

「ちょっと、それどういう意味？」

こんな調子で、ひとしきり料理談義に花が咲く。

お父さんたちは固まってお酒を飲んでいる。みんな笑顔で楽しそうだ。子どもたちの笑い声や泣き声も入り交じって、家中がハイになっている。

「あっ、うちの子が泣いてるわ」

泣き声が聞こえると、その母が飛んでいく。

「おっ、今度はうちの子や」

「あっちの部屋、めちゃくちゃになってたよ」

「ええよ、ええよ。あとで片付けるから。好きなように遊ばせといたり」

療育園に入ったばかりという新入りのお母さんがいると、先輩ママのみんなからアドバイスが飛ぶ。

「いいの、いいの。障がい児やから、そんなややこしいことできなくてもいいの」

「そう、そう。気楽に、気楽にね」

「障がい児の母というと、髪振り乱してがんばってます、というイメージがあるでしょ。だからね、いつもきれいにして、それを打ち破らんと。もっとメイクをハデにしてもＯＫよ」

「そうや。のがみさんとか赤坂さん見てみ。いつもばっちりよ。すごいファッショナブルやし。それくらい気張らんと」

「そんなことない。みんなきれいにしてるやん」

確かに私は、ファッションにもメイクにもヘアーにも気を遣っているが、ほかのお母さん方も負けてはいない。暗くて地味な人なんて一人もいないのだ。

療育園の先生方について、情報交換が行われることもある。

「あのね、A先生は、すごくやさしくていい先生よ。保育もおもしろいしね。でも、Y先生には気を付けたほうがいいよ」

「うん。すごいえこひいきが激しいし、言葉がきついわ」

「先生、先生って頼っていくお母さんは好きみたいやけど、シャキシャキッとしているお母さんは嫌いみたいで、子どもに当たることがあるからね」

「のがみさんも嫌いなタイプやと思うから、気を付けよ。あの主任には」

「うん、今はあんまりかかわることないけどね」

話題は次々に移り、パーティーは大盛況のうちにお開きになった。みんながはじけて楽しんでくれたことが、私にはいちばんうれしかった。

「いやあ、今日は本当に楽しかったわ。今度はいつやるの？　そのときはまた呼んでね」

「ちゃんと、今日の料理のレシピ書いて教えてね。おいしかったわよ」

みんな口々にお礼の言葉を述べながら帰っていった。

きっと、私と同じように、これまでにたくさんの涙を流したに違いない。でも、そんなつらさや苦しさをおくびにも出さず、精力的にしゃべりまくり、笑いころげるステキなお母さんたち。元気をもらったのは私のほうだ。この絆は大切にしたいと、心から思った。

リクエストにお応えして
チョー簡単！　おすすめレシピ

鶏もも肉のカレー風味

★材料（二人分）
鶏もも肉　二枚／ごま油　大さじ二／おろしにんにく　大さじ一／しょうゆ　大さじ二／砂糖　大さじ二／カレー粉　大さじ一／塩・コショウ　適量／酒　適量

★作り方
①　鶏もも肉に塩・コショウをする。
②　①をナイロン袋に入れ、残りの調味料もすべて

入れ、一分間もむ。最低十分間そのままねかせる。

③　オーブンにアルミホイルを敷き、②を乗せ、鶏もも肉の裏を十五分、表を十分、皮をカリッと焼く。

④　お皿にレタスを敷き、③を適当な大きさに切って盛る。その上に焼いたときに出た肉汁をかける。

鶏もも肉のバルサミコソース焼き（鶏もも肉のカレー風味の応用）

★材料（二人分）

鶏もも肉　二枚／オリーブ油　大さじ二／おろしにんにく　大さじ一／バルサミコソース　大さじ二・五／砂糖　大さじ二／塩・コショウ　適量／酒　適量

★作り方（鶏もも肉のカレー風味と同じ）

①　鶏もも肉に塩・コショウをする。

②　①をナイロン袋に入れ、残りの調味料もすべて入れ、一分間もむ。最低十分間そのままねかせる。

③　オーブンにアルミホイルを敷き、②を乗せ、鶏もも肉の裏を十五分、表を十分、皮をカリッと焼く。

④　お皿にお好みの野菜を敷き、③を適当な大きさに切って盛る。その上に焼いたときに出た肉汁をかける。

◆忙しいときにおすすめ！

手抜き鶏肉焼き　その一

①　鶏肉に、塩・コショウ、お酒をふりかける。

②　市販のガーリックマーガリン、大さじ二・五を

乗せ、オーブンで焼く。
＊簡単過ぎるけれど美味！

手抜き鶏手羽中焼き　その二
① 鶏手羽中に塩・コショウ、お酒をふりかける。
② 市販の焼き肉のたれを適量かけてオーブンで焼く。

まぐろの刺身カルパッチョ風サラダ
★材料（二人分）
まぐろ　三〇〇グラム／おろしにんにく　大さじ一／塩　適量／あらびき黒コショウ　適量／オリーブ油　適量／砂糖　適量／バルサミコ　適量
★作り方

① まぐろに、塩、あらびき黒コショウ、オリーブ油、おろしにんにくをかけ、下味をつける。
② フライパンを熱し、まぐろの表面を焼く。中はレアで。
③ 少し冷ましてから薄切りにして、お好みの野菜の上に盛りつける。
④ ②のフライパンに、バルサミコ、オリーブ油、砂糖を適量入れ、少し火にかけて混ぜ合わせ、③にかける。

◆見栄えがよくてお料理上手に見えること請け合い！

エビのマヨネーズ　レンジでチン

＊お友達に教えてもらったのをアレンジ

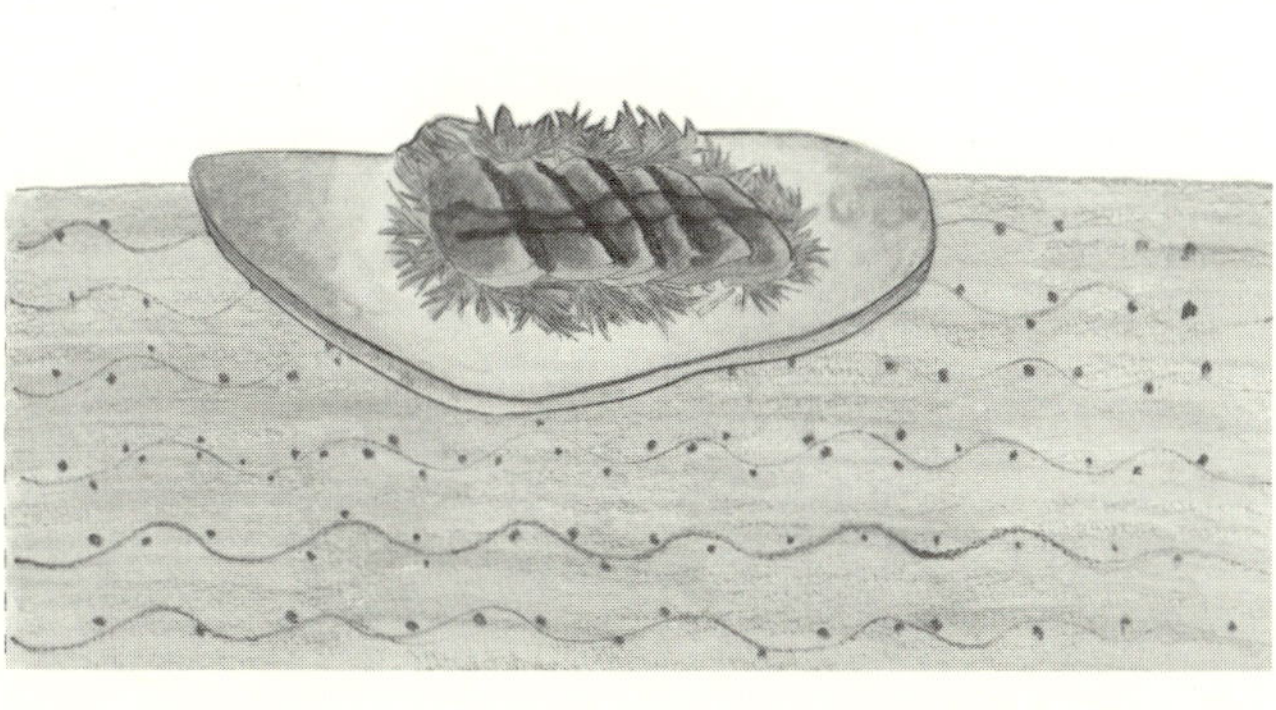

① エビは皮をむき、開いて、塩・コショウ、酒をふりかけておく。
② マヨネーズ大さじ一、おろしにんにく大さじ一、コンデンスミルク大さじ一を混ぜ合わせ、ソースを作る。
③ 皿に①のエビをきれいに並べ、②のソースをかけていく。さらにその上にパルメザンチーズと乾燥パセリをふる。
④ 電子レンジに入れ、エビ八～十尾で四～五分、チンする。

イカとブロッコリーのサンバルソース＆マヨネーズ

① 市販のロールイカを一口大に切り、酒をふっておく。
② ブロッコリーを下ゆでする（私はレンジでチン）。
③ やわらかく焼けるように、①のイカを少しもむ。
④ フライパンを熱し、油をひかないで、③のイカを焼き、塩をふる。
⑤ ④のイカに火が通ったら、マヨネーズとサンバルソースを一対一の割合で入れる。

⑥　⑤とブロッコリーをあえる。
＊サンバルソース（バリのソース）がなければ、タイの甘辛チリソースでもＯＫ。
＊子どもは、サンバルソースを入れないで、マヨネーズ味で食べさせる。

◆簡単だけど豪華に見える！

焼きしゃぶ

①　オーブンにアルミホイルを敷き、豚しゃぶしゃぶ肉を並べて、塩・コショウをする。
②　①にごま油を適当にふりかける（私は多め）。
③　乾燥ニンニクスライス大さじ一を、②にパラパラ散らし、裏、表と焼く。

④ お皿にレタスを敷いて、③の豚肉を乗せ、市販のごまだれをかけて食べる。
＊市販のごまだれにマヨネーズとしょうゆ、砂糖を混ぜると手作り風に！

ひじきのピラフ

① ひじき（乾燥の場合は水でもどす）を、ガーリックバターで炒める。
② ①に、タマネギ、ニンジン、ベーコン、キャベツのみじん切りを加え、いっしょに炒める。
③ 塩・コショウ、うまみ調味料で味つけし、さらに卵を入れて炒める。
④ ③に冷やご飯を加えて炒め、マヨネーズとしょうゆで味をととのえる。

◆作り置きしておくと便利なソース！

バジルソース

★材料

バジルの葉　五パック／にんにく　一個／オリーブ油　二五〇cc／松の実　大さじ五／パルメザンチーズ　大さじ五／塩・コショウ　適量

★作り方

にんにくの皮をむき、すべての材料をミキサーにかけて混ぜ合わせる。

＊パスタやサラダのソースなど、いろいろなお料理にどうぞ。

＊私は、パスタのときは、ゆでたパスタにバジルソースを混ぜ、モッツアレラチーズ、生ハム、トマト、水菜を乗せて食べます。

梅くらげソース

★材料

梅干し／くらげ／ごま油／砂糖／しょうゆ

★作り方

① 梅干しは種を取り、ペースト状にする。

② くらげは塩を抜き、みじん切りにする。

③ ①、②、その他の材料をすべて混ぜ合わせる。味はお好みで。

*おにぎりやお茶漬けに。

*ごま油としょうゆで少しのばすと、お刺身のソースに。

*みりんとしょうゆでのばすと、サラダのドレッシングに。

第五章　保育主任の仕打ちに怒り炸裂！

指さしができるようになったのに

N療育園に通い始めて一年近くが過ぎた。子どもたちは二歳の誕生日を迎え、幼児食が食べられるようになったので、一時に比べると少し楽になってきた。やすきの言葉が出始めたのもうれしく、このころには二人の障がいをありのままに受け入れ、希望を持って生活できるようになっていた。

もちろん、まったく悩まないといえばウソになる。健診に行ったときには落ち込むことがしばしばあった。

「先生、この子たちはいつごろ座れるようになるでしょうか？」

「うーん、個人差がありますからね」

「しゃべれるようになりますか？」

「うーん。何とも言えませんね」

先生の煮え切らない返事に、いつも心が暗くなるのだった。それを引きずることはないのだが、先が見えないと思うと、焦りにも似た気持ちが湧き上がる。

私がいちばん不安に思っていたことは、「二人がしゃべれるようになるかどうか」ということだった。手も足も自由に動かせないのなら、せめて言葉だけでも話せるようになってほしい。もし会話ができるようになったら、どんなに世界が広がることだろう。

療育園には、まったくしゃべれない子も何人かいた。その代わりに指さしで思いを伝える子もいれば、「マカトン」という方法で表現する子もいた。

マカトンはイギリスで開発されたコミュニケーションの方法で、動作によるサインやシンボルによって、自分の意思を表現するのだ。はじめてそれを知ったときは、こんな方法もあるんだとびっくりして、その子のサインに見入ったものだ。

「秀樹君、頭いいんやね」

私が感心して言うと、

「母親ゆずりでね」

と、お母さんはコロコロ笑った。

私も何とかして、やすたかやゆうかとコミュニケートしたかった。ふつうの親子のように会話できたらどんなにハッピーだろう。

そんなある日、ゆうかが右手の人差し指で、何かをさし示したのだ。

「うん？　ゆうちゃん何？　何が欲しいの？　これ？　このおもちゃ？」

と聞くと、ゆうかはこっくりうなずいた。どんなにうれしかったことだろう。

「お母さん、ゆうちゃんが指さしできるようになったわ」

母と二人で手を取り合って大喜びした。

夫も、舞い上がっていた。

「ほんとか？　ゆうかが指さしを？　そうかあ」

夫は、日曜日だけは早めに帰り、子どもたちを自分の部屋に連れていって遊んでやっていた。私は食事の用意や片付けなどに忙しいので、何をしているのか知らないが、子どもたちをとてもかわいがっていることだけは確かだ。特に、たった一人の女の子は目の中に入れても痛くないほどかわいいらしく、夫は「ゆうか命」だった。

「ゆうちゃん」

と呼びかけるときの声がふだんとまるで違う。あまりにもあからさまなので、いつも笑ってしまう。そのゆうかが指さしをできるようになったのだから、喜び方もハンパではなかった。

その日から、ゆうかが何かを指さすたびにうれしくて、私たちは何でも言うことを聞いてあげた。

「えっ？　庭に出たいの？」

「テレビ見たいの？」

「何？　何？」

自分の意思をはっきり示せるようになったのは、彼女にとっては大きな進歩だった。

ところが、そんな私たちの喜びに、水を差すような出来事が起こったのだ。


その日、ゆうかは介助ボランティアの人に抱っこされていた。ゆうかがブランコを指さしたので、その人がブランコのところに連れていってくれた。すると、たまたま巡回してきたY先生が、きつい口調で私の目の前でこう言ったのだ。

「大人をあごで使って。何やの、この子は」

私は、その言葉に凍り付いた。それが障がいを持つ二歳の子どもに対して言う言葉だろうか。いや、だれに対しても言っていいことではない。ことにゆうかはしゃべれないのだから、指さしでしか自分の意思を表現できないのだ。あごで使うつもりなどないことは、だれの目にも明らかだった。

この保育士は四十代半ばで主任をしており、以前からいろいろ悪い噂を耳にはしていたが、幸いなことに、それまではほとんどかかわることがなかった。ところが最近、担任でもないのに、何かと口を出すようになってきたのだ。噂通り、えこひいきが激しく、気に入らない母親の子どもには厳しく当たっていた。

「この子は大人をあごで使ってる。いちいちそんな指示を聞く必要なんかないよ」

Y主任は、ボランティアの人に吐き捨てるような口調でまた言った。

喉元まで抗議の言葉がこみあげたが、子どもたちがいじめられると困るので、私は必死の努力で怒りを呑み込んだ。「この人に逆らうと子どもが危ない」と、ささやかれていたのを思い出したからだ。

その後も、保育室でゆうかがうれしそうにおもちゃを指さすと、つかつか寄ってきて、

「また、この子は、大人をあごで使っている」

と憎々しげに言い放つのだった。なぜそんなひどいことを、しかも親の目の前で平気で言えるのか、私にはその神経がわからなかった。とにかく不愉快だし、ゆうかがか

わいそうで、はらわたが煮えくり返る思いだった。

一か月ほど経ったある日、親しくしていた美香ちゃんのお母さんが興奮した様子で駆け寄ってきた。

「のがみさん、ゆうかちゃんかわいそうに、大変だったのよ」

「えっ、またあの人が何か言ったの？」

Y主任は相変わらずことあるごとにゆうかの指さしを非難し、意地悪をしているとしか思えない態度をとり続けていた。私としてはできるだけゆうかのそばにいてやりたかったのだが、やすたかも見てやらなくてはならない。ゆうかだけに付き添っているわけにはいかなかったのだ。

そのお母さんは、Y主任がゆうかを天井に向かって、四、五回放り投げているのを目撃したという。

「高い高いじゃなくて、手を離して放り投げていたのよ。それもにこりともしないで。

何ておそろしいことをするのかしらと思ったわ」

ゆうかは顔を引きつらせ、からだを硬直させて、声も出せない様子だったらしい。「いや」とも「やめて」とも言えない子に、何てひどいことをするのだろう。

ゆうかはトランポリンのようにからだが揺れるものや、高いところをこわがる子だった。そんなことは保育士ならみんな知っているのに、いじめているとしか思えない。

美香ちゃんのお母さんも、怒りを抑え切れない様子でこう言った。

「ゆうかちゃんがこわがっているのは一目瞭然なのに、いやがらせ以外の何ものでもないと思うわ」

母子入院して現実を知る

そんな中、二か月ほど、大阪のリハビリ専門病院に母子入院することになった。子どもたちは二歳三か月になっていた。

私は、この入院にかなり期待していた。毎日リハビリしたら、ひょっとしたら大きな成果が上がって、子どもたちが歩けるようになるのではないかと思っていたのだ。私はまだ希望を捨ててはいなかった。

あのY主任から、しばらく離れられるのもうれしかった。そのころには、顔を見るのもいやな存在になっていた。だれに対しても命令口調のきつい言い方や、意地悪な態度には辟易《へきえき》していた。子どもがもっとひどい目にあわされるのではと思うと言い返すこともできず、よけいにストレスがたまっていったのである。

障害のない子は連れていけないので、母にやすきを預けて三人で入院することになった。病室は大部屋で、いろいろな親子がいて、小さい子はお母さんといっしょにひとつのベッドに寝ている。わが家は二人なので、ベッドをふたつくっ付けて、三人で寝た。

リハビリのメニューに従って、二人を訓練室に連れていく。午前と午後に一回ずつ、四十分の訓練を受けることになっていた。

リハビリの先生に支えられて立つこともあれば、大きなバルーンに乗ってからだのバランスを取る練習、先生といっしょに座っておもちゃを取る練習をするときもある。私は横に付いて本を読んであげたり、リハビリのお手伝いをしたりする。

そのほかの時間は、子どもたちが座れるイスを作って色を塗ったり、買い物に行ったり、散歩をしたりして過ごした。食事のときは姿勢に気を付け、きちんと座らせて食べさせるように指導された。その病院での生活全体が、リハビリに役立つように工夫されていた。

だが、私は入院してすぐに、自分の考えが甘かったことを悟らざるを得なかった。同じ病気を持つ、小学生や中学生ぐらいのお兄ちゃん、お姉ちゃんたちが歩いていなかったのだ。車椅子に乗っていたり、いざって前に進んでいた。

「やっぱりダメなんやろうか。一生歩けないんやろうか」

一縷《いちる》の望みを絶たれて、私は暗澹《あんたん》とした気分になった。

その子たちは一人で入院し、自分なりに懸命の努力を続けていた。足に装具を付けて何度も転びながら歩く練習をしている子、机につかまり、泣きながら立つ練習をしている子……。どの子も真剣そのものだ。

もっと重度の子もたくさんいた。口からご飯を食べられないので、鼻から管を入れて栄養をとっている子、胃に穴を開けて栄養を入れている子。足や腕が不自然な方向にねじ曲がっている子、目も見えず、まったくしゃべることもできないという子もいた。

その子たちを見ていると、私も現実を直視せざるを得なかった。

「もしかしたら、うちの子たちも、ずっと歩けないのかもしれないし、しゃべることもできないのかもしれない」

だが、もう落ち込んではいなかった。

「私ががんばらなかったら、この子たちはどうなるの。歩けなかったとしても、少しでも今よりよくしてあげなくては」

こう思うと、沈み込んでいる暇などなかった。

グダグダ考えていても何も前に進まない。とにかく、やるしかないのだ。

小学生や中学生ぐらいの子どもでも、一人で懸命にがんばっている。こんなところでくじけてたまるか！　私のかわいい子どもたちは、私が守る。

この入院で、私はさらにふっ切れたような気がする。現実は現実として受け入れ、できるだけのことをしてあげよう。障がいのない子と同じように歩いたりしゃべったりできなくても、いろいろな体験をさせて、この子たちの世界を広げてあげよう。そう思うと、ふっと肩の力が抜けた。

とてもうれしい出来事もあった。ゆうかが寝返りを打てるようになったのだ。それまではあおむけに寝たまま、ほとんど動くことはなかった。スムーズにとはお世辞にも言えないが、ゆうかがゆっくり転がってうつぶせになったとき、私は感動して目がウルウルした。

二歳四か月での寝返りは、ふつうと比べればあまりにも遅い。ハンディがあると、当たり前のことがなかなかできないし、ひとつのことができるようになるまで障害のない子の何倍も時間がかかる。その分、できたときの喜びは何倍も大きい。それがささいなことであっても、千金の価値がある。

「よくがんばったね。ゆうかちゃん」

リハビリの先生にほめられて、私も鼻高々だった。

最初は先生を見ると大泣きしていた二人だったが、遊びを取り入れながら楽しく進めてくださったので、最後には喜んでリハビリに取り組むようになっていた。

その後ゆうかは、座る練習とハイハイをする練習に進んだが、完全にできるところまでは到達しなかった。とはいえ、ひとつでもできることが増えたことがうれしかったし、リハビリの成果が目に見えて現れたことは、私にとっても大きな励みになった。

またいやがらせが始まった

秋の訪れとともに私たちは退院し、またN療育園に通い始めた。少しでもゆうかに進歩が見えたことがうれしくて、私は家でも園でもいっそうリハビリに熱を入れるようになった。しだいに秋も深まり、平穏な日々が続くかに見えた十一月はじめ、その事件は起こった。

私は先に昼食をすませ、ゆうかがいる保育室に戻った。すると、例のY主任が、電車ごっこやブロック遊びに使う不安定なE型のイスに、ゆうかとダウン症の菜穂ちゃんを向かい合わせに座らせているのが目に入った。しかも、

「はよ、けんかしー」

とはやしたてているではないか。私は耳を疑った。

菜穂ちゃんは運動機能に問題はないので、ゆうかのほうに手を伸ばして顔をひっかくようなつねるようなしぐさをしている。動けないゆうかは逃げることもできず、こわがってからだを硬直させている。

それを見て、Y主任は、手をたたいて大笑いしているのだ。

「ええ味出してるやん。もっとけんかしいや」

菜穂ちゃんが興奮すると顔を異様にこわばらせるので、それがおもしろいらしい。

私はあわててゆうかを抱き上げ、その主任から遠ざけた。

ゆうかは自由に動けないのだ。こわがっているのはだれが見てもわかる。いやがる子を無理やり不安定なイスに座らせて、ほかのお友達とけんかするようにはやしたてるなんて、これが保育士のすることだろうか。

絶対に許せない。

私の怒りの炎はメラメラと燃え上がった。

まだ、二歳半の子どもに陰湿ないじめを繰り返すとは、何と大人げない、情けない人だろう。そんな人が保育をする資格なんてない。

きっぱりと抗議することができないのがもどかしかった。この療育園に通っている限り、子どもたちはその主任の管理下にある。これ以上機嫌を損ねると、私が目を離したすきに、何をされるかわからない。二人の安全が確保できるまで、とりあえずはがまんしなくてはしかたがなかった。

私は、Y主任をゆうかに近付けないように、常に細心の注意を払った。療育園の中で、危害を加えられないように目を光らせていなくてはならないなんて、まったく異常なことだ。しかもその相手は、本来なら子どもの味方であるはずの保育士なのである。

ゆうかのほかにも被害にあっている子どもたちがいた。保育士の中にもこの主任にいじめられて退職に追い込まれた人がいた。

そのA先生は、

「お母さん、だいじょうぶ？　しんどかったらゆっくりしときよ」

などと、常に気遣ってやさしく声をかけてくれるので、母親からの信任が厚い先生だった。やめると聞かされたときは、みんなショックを受けたものだ。

「あーあ、いい先生はどんどんやめていくなあ」

「Y主任には当たらずさわらずでいくしかないよ。子どもを危険にさらすわけにはいかんもん」

と、お母さんたちが嘆き合っているのを聞きながら、私はこの人だけは絶対に許さないとあらためて心に誓った。

子どもたちが三歳になったとき、やすきは近くにある私立の芦屋大学附属幼稚園に「年少さん」で入園した。その幼稚園は、一人ひとりの子どもの個性を尊重して、きめ細かな保育をしてくれるということで評判の高い園だった。

入園に際して願書をもらいに行った折りに、私はやすきの兄姉たちについて、包み隠さず園長先生と補佐の先生に話した。すると、思いがけない返事をいただけたのだ。

「何とか、いっしょに来ていただけたらいいですね。できる限りお手伝いしたいと思います」

どんなに心強かったことだろう。希望の灯がポッとともったような気がした。ハンディのある子は、六歳までは療育園、その後は養護学校に入学するのが一般的なコースだった。でも、ひょっとしたらやすたかとゆうかは療育園をやめて、ふつうの幼稚園に通えるかもしれないのだ。

障がいのない子に交じって集団生活ができれば、どんなによい刺激になることだろう。何より、あのY主任から離れられるのがうれしい。私は、この園長先生の言葉に百万の味方を得た思いがした。

やすきが入園してすぐに一縷の望みを持って、私は園長先生に相談に行った。

「ご迷惑かもしれませんが、できることなら、来年から上の二人もこちらの園でお世話になりたいのです。N療育園にはもう行かせたくありません。実は……」

私はY主任の心ない仕打ちを、かいつまんで園長先生に話した。

「まあ、おそろしい。許せないわ。そんなこわいとこやめて早くこっちにいらっしゃい。私たちもがんばってお手伝いをしたいと思います」

私の気持ちをしっかり受け止めてくれた、園長先生の温かな言葉に胸が熱くなった。この幼稚園に何としてでも通わせたい。こんなにすばらしい園長先生がいるところに。

しかし、ハンディのある子の受け入れははじめてなので、さまざまな事態を想定して慎重に検討を重ねなければならない、とも付け加えられた。

特に先生方が心配されたのは、「元気な子どもたちが走り回り、動けない二人にぶつかってけがをさせてはいけない」ということだった。何度も職員会議を持たれたようだ。

私は、よい結論が出るのを一日千秋の思いで待った。

その間も、Y主任のいやがらせは続いた。

たとえば、夏祭りのときには、私の子どもだけ保育を放棄された。

私は、園で開かれる夏祭りのお手伝いに入っていた。母親がお手伝いのため面倒を見ることができない子どもたちは、保育士が見てくれることになっていた。ところが、子どもの人数が多いため、うちの子だけ見ることができないと、保育を拒否されたのだ。

私はピンと来た。

「ゆうかの面倒を見るなと言っているのは、あのY主任ですよね?」

廊下でほかの先生をつかまえて聞いたところ、首を縦に振った。

こんなことが重なったため、Y保育士とにこやかにあいさつを交わすこともなくなり、私たちの関係はギスギスする一方だった。子どもたちさえこの園をやめることができれば、一撃を放つことができるのに……。

反撃開始！

その年の秋、ついに待ちに待った回答をいただくことができた。

「来春から入園してください。だいじょうぶです」

やすきの担任のK先生も、頼もしく請け合ってくれた。

「私ががんばりますので、三人そろって安心して来てください」

よかったー。

あきらめないで、頼んでみた甲斐があった。涙が出るほどうれしかった。これで三人そろって、晴れて芦屋大附属幼稚園に通えるのだ。

K先生にはやすきがお世話になるだけではなく、私の心のフォローもしていただいた。私は先生に会うたびに二人のことを相談し、いつも励まされてきた。希望を持ってここまでがんばってこられたのは、この若くてかわいらしい担任の先生のおかげだった。K先生には、三人そろって年中、年長と受け持っていただいた。感謝するばかりだ。子どもたちの安全を確保するために、介助の方を二人、交替で付けることも決まった。芦屋大附属幼稚園は、万全の受け入れ態勢を整えてくれたのだった。

こうして、園長先生をはじめ全先生方の真摯《しんし》な支援のおかげで、やすたかとゆうかもやすきに一年遅れて、四歳で芦屋大附属幼稚園に入園することができた。

それを機に、私は行動を起こすことにした。

もう、自分の子どもたちに危害が及ぶことはないのだから、泣き寝入りしてはダメだ。私がここで告発しなかったら、Y主任の療育園の子どもたちへの虐待やいじめはずっと続くに違いない。親の性格や態度が気に入らないというだけで、子どもたちには何の罪もないのに。

こういう人が保育士をやっていること自体が許せなかった。

私は夫に弁護士を紹介してもらい、さっそく事務所を訪ねた。

弁護士は「うーん」という感じで考え込み、こう助言した。

「こういう問題は、すごく難しいですね。テープなんか録《と》ってないやろうし、証拠がないですから。証言してくれる人がいますか？　とにかく証言が多ければ多いほどいいから、できる限り証言を集めてください」

私はまず、Y主任がゆうかの指さしを非難したときに抱いていてくれていた、介助ボランティアの人に頼みにいった。

「申し訳ないですけど、民生委員の人に、裁判なんかにはかかわらないほうがいいと言われました。ごめんね」

たいていの人は、裁判と聞くと「面倒だ」とか「おそろしい」と思うようだ。しかも、市立の療育園だったので、私に有利な証言をすると市にたてつくことになる。その人の気持ちや立場を考えると、無理強いはできなかった。

同じように、かかわりたくないからと、何人かのお母さんに断られた。

「悪いけど、あの人がこわいの。ずっと保育士を続けていくやろうし、またどこの保育所で顔を合わせるか、わからないもの」

「療育園ならまだ親がそばに付いてるからいいけど、ふつうの保育所にこの人が行ったら、親はいないから子どもに何をされるかわからないもの」

みんなこの主任をおそれて、なかなか首を縦に振ってはくれなかった。

実際、この保育士は異動して、今は一般の保育所に勤務している。兄弟がその保育所に入る可能性もあるのだから、お母さんたちの心配もあながち杞憂とはいえなかった。

ゆうかとE型のイスに座らされていた、ダウン症の菜穂ちゃんのお母さんも、証言に難色を示した。

「あの人がうちの子の顔を笑ってるのは知ってるけど、あのときは私は食事に行ってて見てなかったし、裁判にはかかわりたくないの。申し訳ない」

元N療育園のA先生にも頼んでみた。

「応援はするけど、陰でしかできないわ。もうあの人にはかかわりたくないの。ごめんなさいね」

思った以上に証言集めは難しかった。

だが、いじめの現場を目撃したお母さんや、ゆうか同様、わが子がY主任に虐待されていたお母さんは、快くOKしてくれた。

N療育園ではいい思い出はほとんどなかったが、ステキなお母さんたちとの出会いだけは、今でも私の宝物だ。このお母さんたちがいたから、私はいつも元気に笑って過ごせた。

前年の冬、私はいつの間にか肺炎にかかっていた。少し前からせきが出て熱っぽかったのだが、たいしたことはないだろうと思い、抗生物質を飲んでいた。ふだんなら発熱しても一日で下がるのに、そのときは三十八度五分の熱が三日ぐらい続いた。それでも、私は単なる風邪だと思い込み、だるいのを押して子どもたちを療育園に連れていっていた。

「いやあ、のがみさんどうしたん？　そんなのがみさん見たことないわ」

いつもよくしゃべる私がおとなしいし、目の下にくまができて顔もげっそり。周りのお母さんたちは一様に驚いて声をかけてくれた。

あまりにもしんどいので、さすがの私もこれはおかしいと思い、三人を母に預けて病院に行った。医者はレントゲン写真を見て、あきれ顔でこう言った。

「お母さん。肺炎になっています。すぐに入院してください」

「いや、私は三つ子の母で、子どもはまだ三歳やし、絶対に入院はできません。毎日通いますから、通院でお願いします」

私は強引に医者を説き伏せ帰宅した。

翌日は土曜日だったので、母は大阪の自宅に帰ってしまった。どんなことがあっても、週末は帰宅するのが習慣になっていた。

「お父さんもいるんだから、何とかしてもらって」

こういうときは、きっぱりと割り切る人だった。

私は食べていないのと高熱ですっかり衰弱してしまい、立つこともできない。

そのとき、救いの手を差し伸べてくれたのは、龍成君のお母さんだった。

「のがみさん、助けにきたわ。明日までうちで面倒見るわ。全員まかせとき」

私には遠慮する元気も残っていなかった。ソファに横たわったまま起き上がることもできず、

「ごめんね。お願いします」

と、子どもたちを三人まとめて連れて帰ってもらった。私は一日中死んだように眠りこけ、おかげで元気を取り戻した。龍成君宅に、青木さん一家が、ヘルプで泊まり込んでくれたのだ。

「困ったときは、お互いさまよ」

さぞ大変だったろうに、そのお母さんはおおらかに笑うだけだった。

提訴の際も、助けてくれたのは、N療育園の肝っ玉母さんたちだった。

市を相手取り提訴へ

N療育園は市立なので、Y主任は市の職員となる。そのため、私は市を相手取って提訴した。はじめに和解をすすめられたが、私は断固拒否した。

「私は絶対に許せません！」

和解なんてとんでもない。もちろん、お金が欲しいのでもない。子どもを虐待するような人に、保育士をやってほしくないだけだ。

私は訴えた。本来なら子どもの発育を助けるはずの保育士が、ようやくできるようになった唯一の意思表示の手段である指さしを阻害し、こわがっているのがわかっているのにゆうかを空中に何度も放り投げた。さらに、E型のイスにダウン症の子と向かい合わせに座らせ、けんかをけしかけた。夏祭りの際には、私の子どもだけ保育を拒否された。こんな人には保育士をやる資格なんてない。

美香ちゃんのお母さんは、Y主任がゆうかを放り投げていたときの状況を詳しく説明し、「ゆうかちゃんは緊張をほぐす訓練を受けているのに、この事件のように恐怖を与え、からだの緊張がひどくなるようなことをするのはもってのほか。長年N療育園に勤めている先生はもちろんこのことを知っているはずなので、Y主任の行動はいやがらせ以外の何ものでもない」と、きりっとした態度で証言してくれた。

健太君のお母さんは、まだ一人で衣服の着脱もできず、安定した座り方もできないゆうかをY主任が床に座らせ、「自分でコート脱げるやろ、脱ぎや」と冷たく言い放ってそのまま立ち去っていった様子を証言し、「自分で脱ぎなさい」という言い方がとても冷たく聞こえたことと、「ゆうかちゃんの安全を考慮せずその場を離れた無責任な行動を非常に不快に思った」と言ってくれた。

さらに、彩奈ちゃんのお母さんは、日ごろからY主任が、ゆうかに対して保育士とは思えない意地悪な態度をとっていたこと、何も事情を知らないほかの母親たちに、私を中傷していたことなどを証言してくれた。それに加えて「彩奈の三人の兄を六年近く幼稚園に通わせたが、保育の現場に立つ人から、ほかの母親に対する中傷を聞かされたのは今回がはじめてで、非常に不愉快だった」と言い添えてくれた。

美咲ちゃんのお母さんは、自分の娘が泣いていやがっているのに、Y主任がセミダブルのエアーベッドを執拗に落として虐待した様子を、詳細に証言してくれた。

Y主任のほうも必死で反撃してきた。

指さしを非難したことについては、「大人をあごで使っている」などとは言っていない。「すべての要求通りには動かないでほしい」とボランティアに言っただけだ。また、E型イスの件については、二人を対面で座らせたのは、おもちゃを真ん中に置いて遊ばせるためだ。二人はおもちゃを触って遊んでいたし、自分はけんかをさせたりおもしろがったりしたことはない。

「高い高い」はしたが、それは遊びのひとつで、子どもは打ちひしがれるほどの状況ではなかった。夏祭りについては、自分は子どもをだれが保育するかについて指示する立場にはない。だが、行き違いがあったので、後日、園が謝罪した。

まったく、どこからこんな大ウソが出てくるのかと感心してしまった。

私はY主任が、ゆうかが指さしをするたびに「また大人をあごで使って」と、厳しくとがめるのをこの耳で何度も聞いた。「すべての要求通りには動かないでほしい」なんていつ言ったのだろう。そんなこと、一度も聞いたことがない。

また、E型イスの真ん中におもちゃなど置いてなかった。その周りにも何もなかった。それに、当時、ゆうかは二人で遊べるほど、安定して座ることなどできなかった。「高い高い」というより空中に放り投げられたとき、おそろしさのあまり、ゆうかが顔を引きつらせ、からだを硬直させているのを、美香ちゃんのお母さんは確かに見たと言っているのだ。

夏祭りの件については、言い訳のしようもないと思ったのか、園から謝罪があったのは事実である。しかし、「自分がゆうかの保育をするなと指示したのではない」というのはウソだ。ほかの先生方が暗に教えてくれた。

Y主任は、カルテや保育日誌など、さまざまな資料を出してきた。私のほうにはそんな資料は何もない。そこで、母子入院したときにお世話になった、大阪のリハビリ専門病院の先生に協力を仰いだ。先生は快く引き受けてくださり、専門家の立場から、私をしっかりバックアップしてくれている。

この先生は最初に相談したときにも、

「何やそれ。保育士にあるまじき行為やな。そんなん訴えたらいいよ」

と、すぐに言ってくれた。

途中経過を報告に行くと、

「向こうは言い訳が必死やな」

と笑っていた。

この先生や弁護士の先生、療育園のお母さんたちの協力のおかげで、裁判はもうすぐ決着が着きそうである。どういう判決が出たとしても、私は、声を大にして言いたい。

子どもたちの発育を阻害し、虐待するような保育士なんていらない！　そんな人は即刻退いてもらいたい。

第六章　すばらしい幼稚園との出会い

ゆうかが歩いた！

やすきが三歳で幼稚園に入園したころ、やすたかはようやく寝返りができるようになり、ゆうかは座れるようになった。といっても、両足を後ろに投げ出して、ぺたんとお尻をつけるお姉さん座りしかできないのだが、それでもイスに固定されていたこれまでに比べると、かなり自由がきくようになった。食べるのも遊ぶのもずいぶん楽だ。

ゆうかがハイハイで移動できるようになったことも、大きな喜びだった。ほかの子に比べて遅い早いなんてどうでもよかった。どんなことでもできるようになったら、その一つひとつがうれしくてたまらなかった。

その夏、地域でお祭りがあったので、三人に浴衣《ゆかた》を着せて繰り出した。やすたかとゆうかは、バギーに乗せていった。

「三人とも浴衣、かわいいなあ」

「あっ、綿あめや。食べようか」

はじめは、私も子どもたちといっしょにはしゃいでいたのだが、大勢の子どもたちがうれしそうに走り回っているのを見ているうちに、ふいに涙がこぼれた。

「みんな浴衣を着て、あんなに楽しそうに走っているのに。この子たち二人だけ、三歳にもなるのにバギーで……」

ふつうに歩いたり走ったりできたら、どんなに楽しいことだろう。みんなといっしょに、金魚すくいだってヨーヨー釣りだって、何でもできるのに……。

悩んだり落ち込んだりすることはめったにない私だったが、まったくなかったといえばウソになる。このころはまだ、ときおり周りの視線が気になることもあった。

今はすっかり図々しくなって、他人がジロジロ見ると、「子どもたちがかわいいから見ているんだ」と思えるようになった。どこへでも平気で三人を連れていき、「さあ、いくらでも、どこでも見て」と堂々と見せられるようになった。

これもすべて、芦屋大附属幼稚園のお母さん方が、子どもたちを温かく受け入れてくれたおかげだ。この芦屋大附属幼稚園には、どれだけ救われたかわからない。

ひょっとしたら芦屋大附属幼稚園に入れるかもしれないと期待し始めたとき、入園したらすぐに歩けるように、ゆうかに足の手術を受けさせようと決心した。

やすたかは麻痺が強いので、一生歩くこともできないし、手も思うように使えないと宣告されていたが、ゆうかは手術をして足の曲がった筋を伸ばせば、杖をついて歩行できるようになると言われていた。

歩けるようになると、飛躍的に行動半径が広がって、もっと楽しい経験がいろいろできるだろう。ぜひ、手術を受けさせたいとは考えていた。ただ、手術とその後のリハビリのために七か月もの入院が必要だった。それも、一人で入院しなければならない。わずか四歳なのにと思うとかわいそうで、なかなか踏ん切りがつかなかった。だが、寂しいのはお互いにがまんしなくては。

「ゆうか、歩けるようになるんだから、寂しいけどがんばって入院しようね」

「じゃあ、その前にディズニーランドに連れていって」

「ＯＫ！　ディズニーランドぐらい、いくらでも連れていってあげるよ」

母と私だけで三人を連れていくのはこころもとないので、兄夫婦が付き添ってくれることになった。

幼いころから兄とは仲がよく、私はいつも兄に助けられてきた。三人が生まれてからも、兄夫婦に子どもがいないこともあって、とてもよくかわいがってくれていた。常に子どもたちの喜びそうなおもちゃを両手いっぱいに抱えて、遊びにきてくれる。兄嫁がいっしょに三人をお風呂に入れてくれたり、花火をしてくれたり……。子どもたちも兄夫婦が大好きだった。私も感謝の気持ちでいっぱいだ。

ディズニーランド行きも、二人の協力のおかげで大成功。思いっきり楽しみ、全員、大満足で家路に就いたのである。

これで、ゆうかも思い残すことなく入院する決心がついたようだった。その年の秋、大阪のリハビリ専門の病院に、一人で入院した。土曜日には家に帰れるが、日曜日の夜八時にはまた病院に戻らなくてはならない。平日は一切会えないので、週末になるのを待ちかねて、私は迎えにいった。

日曜日にベッドに残して帰ろうとすると、

「いやや、帰ったらいやや」

と、ゆうかが大泣きする。私も胸を締め付けられ、後ろ髪を引かれる思いで病室をあとにした。

夫は土・日も仕事があるため、送り迎えをすることはなかったが、祝日だけは午後の診療を取りやめ、ゆうかといっしょに過ごすようにしていた。お風呂に入れ、食事をし、ゆうかを病院に送り届けるのだ。

祝日は土曜日と違って家に泊まれないので、

「お父さん、もう病院に帰りたくないの。家にいたいの」

と、ゆうかが号泣する。それを見て、今度は夫が、

「ゆうかがかわいそうや」

と、車を走らせながらもうボロボロである。車内に二人の泣き声がこだまして、かわいそうやら、ちょっとおかしいやら。


手術は十月末に行われた。小さなからだに腰から下のギプスが痛々しかったが、二か月ほどではずされ、リハビリが始まった。立つ練習や歩く練習が連日続くのだ。杖を使って歩けるようになるのが目標だ。

「今ごろ、ゆうかどうしてるやろ」

「リハビリがんばってるかなあ」

毎日、ゆうかを思わない日はなかった。

病院では子どもたちを慰めるために、クリスマスパーティーや豆まき、運動会など

の楽しいイベントをたくさん用意してくれていた。そのせいか、はじめは病院に戻るたびに泣いていたゆうかも、しだいに入院生活に慣れていった。

「芦屋大附属幼稚園にも入れることになったし、もう少しやから、がんばろうね」

私が励ますと、いつも素直にこっくりうなずく。こんなに小さいのにと思うと胸が詰まり、代われるものなら代わってやりたいと何度も思った。

ちょうどそのころ、やすたかも入院するハメになった。からだが小さいわりには三人とも元気で風邪もひかなかったのに、突然に高熱を出したのだ。たいていは、頭を冷やし、座薬を入れて抗生剤を飲ませると、一日で熱は下がった。だが、そのときは二週間も四十度近い熱が続いたのだ。

「死んでしまうのと違う?」

私も母も、気が気ではなかった。

もちろん、何度も医者に連れていき、入院させてくれるように頼みもした。ところが、先生はいつもすげなくこう言うのだ。

「完全看護でお母さんがそばに付いていられないから、泣き続けたらかわいそうや。とりあえず点滴を打っておきます。もし、熱が下がらなかったらまた来てください」

点滴すると、一時的には元気になるのだが、すぐにまた熱が上がる。おかゆや大好きなプリンをあげても、ほとんど食べない。脱水症にならないように、懸命に水分の補給だけはしたが、それもほんの少し飲むだけだ。脳症の心配が頭をよぎった。

私は、点滴を打ってもらうために、連日病院に通った。だが、その一時間ほどの道のりも、やすたかの負担になるような気がして、ついに私は先生に強引に頼み込んだ。

「泣いてもいいから入院させてください」

夜、私が帰ろうとすると、ゆうかと同じようにやすたかも大泣きした。

「お母さんと帰る。お母さんといっしょに帰るー」

やすたかのお気に入りのビデオを大量に持ち込んで、どうにかごまかす日々だった。

幸いにも、やすたかは一週間ほどで退院できた。

こうして、ゆうかとやすたかの相次ぐ入院でバタバタと走り回っているうちに、この年も暮れていった。

明けて平成十五年、いよいよ四月からゆうかもやすたかも芦屋大附属幼稚園の「年中さん」だ。リハビリも順調に進んでいるようだし、何だかよい年になりそうな予感がした。この予感は半分当たり、半分はずれた。

その二月の土曜日は、抜けるような晴天だった。私は木枯らしが吹きすさぶ中、いつものようにゆうかを迎えに病院に行った。家族を待つたくさんの子どもたちが、子ども病棟の窓に張り付いているのが見えた。

私は三階へと急いだ。ドアをはさんで外側にお母さんたち、内側に子どもたちが固まって、十時になるのを待っている。ドアは十時にならないと開かないのだ。

ふと見ると、ドアのガラス越しに、ゆうかが得意げな顔をして立っているのが見えた。それまではずっと車椅子だったのに！

「立ってる！　ゆうかが。立てるようになったんやわ」

生まれてはじめて、ゆうかが一人で立った。夢を見ているような気がした。どーっと涙があふれ、ゆうかの顔が見えなくなった。

ドアが開くやいなや、私はゆうかに駆け寄って抱きしめた。

「すごいやん。立てるようになったの？」

「うん。お母さん見てて」

ゆうかは、二、三歩、歩行器で歩いてみせた。靴形の装具を付け、ぎこちない足取りだったが、記念すべき第一歩だった。

「やったやん。よくがんばったね」

本当に何か月も、一人でよくがんばった。ゆうかは四歳にして、ようやく歩けるようになったのだ。

その夜、夫もゆうかがぎくしゃくと歩くのを見て、目をうるませていた。

「ああ、歩けるようになったんや。よくがんばったな。ゆうか」

今ではゆうかは杖があれば歩けるし、外では歩行器で走ることさえできる。七か月間寂しいのをがまんし、懸命にリハビリをした甲斐があったのだ。

この年は、うれしいことが続いた。その第一弾が、このゆうかの初歩行だった。

やさしさに包まれて

四月、私はゆうかとやすきを車に乗せ、桜並木を抜けて芦屋大附属幼稚園へと向かった。待ちに待った入園式だ。ゆうかは四日前に退院したばかりだった。まだスムーズには歩けないが、歩行器も持参した。夫もこの日ばかりは仕事を休んで式に参列した。もちろん、母もいっしょだ。

親ばかかもしれないが、二人ともブルーの制服がよく似合い、とてもかわいかった。こんな日が来るなんて、うれしいのを通り越してこわいような気さえした。

ひと足先にやすきが入園していたので、お母さんたちとも親しくなっていた。

当たり前のことだが、幼稚園のお母さんたちは、はじめはだれも私を三つ子の母とは知らなかった。ちょっとハデなお母さんだな、ぐらいに思っていたことだろう。

やすきが幼稚園に通い始めたころ、送り迎えをしなくてはいけなかったので、朝は三人を乗せて、車で五分ほどの幼稚園に向かい、やすきを降ろしてN療育園へ。療育園が一時に終わると、すぐに二人を連れて、一時半にお帰りの幼稚園に迎えにいった。

その際にちょっとほかのお母さんと顔見知りになると、私はさっさと打ち明けた。

「実は、うちは三つ子なんですよ」

「エーッ!」

「何でいっしょにこっちの幼稚園に来ないの?」

「あとの二人は脳性麻痺で、歩けないんです。だから、療育園に行っていて、今は車の中で待ってるんです」

「エーッ!」

みんな、三つ子で「エーッ!」、障がい児で「エーッ!」と、必ず「エーッ!」の二連発。まったく同じリアクションをするのがおかしかった。

あれから一年、やすきに二人の兄姉がいて、一年遅れで入園することは周知の事実になっていた。三人とも同じクラスだ。そのためか、お母さんたちは自然体で、とても温かく接してくれた。

やすきだけなら特に問題はなかったが、二人が加わると荷物がとたんに多くなる。杖や歩行器も持っていかなくてはならない。介助員さんが園庭で待っていてくれるので、私が一人を抱き、もう一人をその人に抱いてもらって、二階の教室まで上がる。やすきも一生懸命、二人のかばんなどを運んでくれるのだが、それだけではとうてい手が足りない。そんなとき、お母さんたちやお友達が、「やすきのママ、持ってあげる」とすっと助けてくれるのだ。押し付けがましくなく、さりげなく見守ってくれる。その姿勢が本当にありがたかった。

三人とも幼稚園に行くようになってからは、午前中は自由に時間を使えるようになったので、朝子どもたちを送っていったときに顔を合わせたお母さんたちと、そのままモーニングを食べにいくこともよくあった。

「行こ、行こ、モーニング」

「明日はランチどう？」

「うちでホームパーティーしない？」

やっぱりここでも言い出しっぺは私。療育園時代と同じように、お母さんたちとの楽しい交流が始まった。

気がかりだったのは、やはり、ゆうかとやすたかのことだった。障害のない子に交じって付いていけるだろうか、迷惑をかけたりしないだろうか、お友達に仲良くしてもらえるだろうかなどと、はじめはあれこれ気をもんだ。

二人とも、まだ口が達者ではなく、やすたかは「おはよう」「ありがとう」などの一語文がやっと言える程度、ゆうかも麻痺のせいか、ろれつが回らないような変なしゃべり方をしていた。口の周りの筋肉の動きもぎこちなくて、きちんとしゃべれるようになるのだろうかと、私はずっと不安に感じていた。これでお友達とうまくコミュニケーションがとれるだろうか。

手も、ゆうかは使えるものの非常に不器用で、ひとつのことをするのにふつうの子の何倍も時間がかかった。やすたかは、物をつかむことさえできない。お弁当も自分では食べられないし、鉛筆を持つこともできない。すべてにわたって介助が必要だった。芦屋大附属幼稚園では、ハンディのある子はこの子たちだけだったので、ほかの子どもたちがどんな反応を示すのか、予測が付かなかった。

だが、案ずるより産むが易し。みんな、二人を自分たちの仲間としてすぐに認め、受け入れてくれた。それが私にとってはいちばんうれしいことだった。

「いつもやすたか君とゆうかちゃんの隣の席は取り合いになるんですよ。みんなが座りたがって。いろいろ助けてあげたいと思うようです」

担任の先生にこう聞かされたときは、胸がジーンとした。また、こんなうれしい話も聞いた。

「あるお母さんに、『ゆうかちゃんややすたか君と同じクラスにしてくださってありがとうございました』とお礼を言われたんですよ」

このときは、もう涙腺を閉めることはできなかった。ありがたいのは私のほうだ。障がい児だからといって、差別もせず迷惑がりもせず、こんなに温かな言葉をいただけるなんて。

この幼稚園に来てよかったと心底思った。

その後も私の涙腺はゆるみっぱなしだった。私にとっても子どもたちにとっても、芦屋大附属幼稚園は最高の幼稚園だった。

めざましい成長ぶりにビックリ

入園後、二人はめざましく成長していった。お友達からさまざまな刺激を受けたことによって意欲が高まり、脳が活性化したのかもしれない。できることが日々増えていくのだ。

「すごいやん。今日はこんなもの作ったん？」

「えっ？　これゆうかが描いたん？」

毎日驚きの連続だった。

先生方も介助員さんも、みんなと同じことをさせてあげようと、できる限りのサポートをしてくださった。

字が書けなくても、介助員さんが鉛筆を持たせて書かせてくれるし、絵や工作もみんなといっしょに作らせてくれる。作品はほかの子に比べるとつたないが、形らしいものを描いたり、作ったりできるようになっただけでうれしかった。子どもたちが楽しんでやっているのが、さらにうれしかった。

そのころは、ゆうかもやすたかも週に一回ずつ、大阪の病院までリハビリに通っていた。K先生ともう一人の担任の先生、二人の介助員さん、補佐の先生は、わざわざその病院まで何回も見学に来てリハビリのしかたを学び、毎日幼稚園でやってくださっている。そこまでしていただけるなんて夢にも思っていなかったので、またまた私は大感激するのだった。

まだおむつも取れていないやすたかは、トイレット・トレーニングまでしてもらっている。幼稚園のトイレのあちこちに、やすたかの好きなアンパンマンのキャラクターが貼られているのを見たときは、こんなところまで心配りしていただいて、ありがたいやら、申し訳ないやら、胸がいっぱいになった。

「申し訳ありません。トイレのしつけまでしていただいて」

私が恐縮して謝ると、

「だいじょうぶですよ、お母さん。やすたか君、もう少しでできるようになりますから、気長にやっていきましょう」

と、先生と介助員さんたちはにっこり笑うのだった。

どの先生も、二人を分け隔てなくかわいがって、どんなささいなことでもできたことを喜んでくださる。実によくしていただいて、感謝の言葉もない。

クラスの子どもたちも、二人をしっかり支えてくれた。上にある物を取ってくれたり、教材を運んでくれたり、小さいながらも、みんな懸命にお世話してくれるのだ。

「家のベランダから『ゆうかちゃーん』て、呼んでいることがあるのよ。ゆうかちゃんのこと、大好きみたい」

「『やすたか君、うちに遊びにきてくれるかな』って子どもがよく言うのよ」

お母さんたちにこんな話を聞かされるたびに、いいお友達に囲まれて、何てうちの子たちは幸せ者なんだろうとしみじみ思う。

お友達の影響力は、母の私より強いらしく、驚かされることがしょっちゅうだ。

ゆうかがボタンかけができるようになったときもビックリした。どんなに練習しても、なかなかうまくいかなかったのに。

「うわっ、すごいやん。だれに教えてもらったん?」

「お友達」

まだ二つぐらいしかかけられないのだが、大きな進歩だ。そのうえ、針に糸まで通せるようになったのだ。これには本当に驚いた。

「ほおー、脳性麻痺児でそんなことができる子はあまり見たことがないですね。それはすごいよ」

と、リハビリの先生も目を丸くしていた。

お箸でご飯も食べられるようになった。今は、パンツやズボン、上着などを自分で脱ぎ着する練習をしている最中だ。ボタンがない服で練習しているのだが、ズボンに足を通したりシャツを上からかぶったりするだけでも、ハンディのある子にとっては相当に難しい作業である。だが、今までとは意欲が違う。何でもお友達と同じようにできるようになりたいと、やる気満々なのだ。この調子だと、身の回りのことは、けっこうすぐにこなせるようになるかも、と期待している。

やすたかも、すばらしい成長ぶりだ。手を伸ばすこともできず、物も持てなかったのに、今は不器用ながらも、どうにか持ったりつかんだりできるようになった。ただし、つかんだ物を自由に動かせるところまではいかない。

お菓子を持たせると、力の入れ具合がわからないので、やわらかいものはつぶしてしまう。食べたいのだろうが、うまく口へ持っていくことができない。

するとこう言えるようになったのだ。

「お母さんが食べさせるの」

「えっ？　たか君、もう一回言ってみて」

「欲しい」と言えなくて、ゆうかとやすきが食べているのをじっと見ているだけだったやすたかが、私にお菓子をねだれるようになったのだ。

やすたかは、入園後、みるみる語彙《ごい》が増え、ふつうに会話ができるようになった。ゆうかもしっかり発音できるようになった。毎日、障害のないお友達と触れ合い、いろいろなお話をするようになったのが大きかったようだ。

入園前に、この子たちはきちんとしゃべれるようになるのだろうか、お友達とコミュニケートできるだろうかと、心配したのがウソのようだ。

今では、口げんかがすさまじく、私は怒鳴りっぱなしだ。

「うるさーい！　ちょっと静かにして！」

「何でそんなにけんかばかりするの！　いいかげんにしなさい！」

女の子のせいか、ゆうかがいちばん口達者だ。やりこめられて、やすきがイライラして、ときおり手を出すことがある。

「ダメー！　やすき！　ゆうかは逃げられないんやから、押したりたたいたりしたらあかんて、いつも言ってるでしょ。何回言ったらわかるの」

すると、母がやすきをかばう。

「ゆうちゃんのほうが先に手を出したのよ」

「そんなこと言っても動けない子を押すなんて、やすきが悪い。ゆうかはよけられないんやから」

「やすきばっかり怒られてかわいそうよ」

「でもね、ママ、……」

こうしていつも、子どもの姉弟げんかが、母と私のけんかに発展するのだ。

母も、私の子ども時代は非常に厳しかったのに、孫には大甘である。私が子どもたちをしかると、母はすぐにこう言う。

「それぐらい許してあげなさい。あなたはちょっと怒り過ぎるわよ」

「いや、悪いことは悪いと教えないと、大人になったときに困るやん」

いちばん怒られるのは、やはりやすきだ。私はできるだけ三人とも公平にしかろうと思っているのだが、力に差があるのでどうしてもやすきをしかってしまう。やすきも頭では二人が自由に動けないことをわかっていても、いざけんかになると、そんなことはどこかに吹っ飛んでしまうようだ。

しかし、一歩外に出ると、やすきは頼もしいナイトぶりを発揮してくれる。

子どもたちと公園に遊びにいったときのこと。よその男の子が、ゆうかが歩行器で歩いているのを見てからかった。

「ワー、変なの。赤ちゃんみたいなのに入ってる」

すると、やすきが食ってかかった。

「ぼくのゆうかに何を言うんや」

「自分が二人を守らなくては」という意識は強いようだ。小さいやすきが必死になって、ゆうかをかばっている姿を見て、胸が熱くなった。親の知らないところで、子どもはどんどん成長していく。

子どもたちとのバトルも、母とのバトルも、まだ当分は続きそうだ。でも、姉弟げんかが、口げんかができるようになって本当によかった。子どもたちの寝顔を見ると、しみじみそう思うのである。

母も発散、発散

三人が幼稚園に入るまでは、私は常に子どもたちにべったりくっ付いていなければならなかった。唯一私がほっとできる時間は、三人が寝静まった深夜だけだった。

しかし、入園後は、一時半までとはいえ、自由な時間ができたのだ。こうなると、家にこもっているような私ではない。ショッピングに行ったり、友達とお茶飲みしたり、食事をしたり、パーティーに行ったり……。私は、昔のようにバンバン外に出て発散するようになった。

あるブランドのパーティーに参加したとき、たまたまテレビ局が取材に来ており、私もインタビューを受けた。その縁で、何回かテレビに出たこともある。

そのひとつは、前に書いた、ママ代表としてレストランのシェフと料理の味を競うという番組だった。その回はカレーライス勝負だった。

私は、タマネギを炒める手間を省くため、市販のオニオンスープを使う。また、風味を好くし、味をまろやかにするために、デミグラスソースやホールトマトなどもどんどん活用する。プロのシェフのように手間暇をかけないで、しかもおいしいカレーを作るにはどうしたらいいか、いろいろ試行錯誤した末にたどり着いた結論は、

「そうだ、市販の缶詰を上手に利用しよう！」

ということだったのだ。

さらに、コクを出すために、仕上げにチョコレートとパイナップルジュースを投入。

そのアイディアが斬新だったようで、放送後、周りのお母さんたちからいろいろ声を

かけられた。

「いやあ、すごいおいしそうだったやん。一度食べさせてよ」

「作り方教えてよ」

幼稚園でもホームパーティーをよく開いていて、そのつど自慢の腕を披露していた。このときもほめられて気をよくした私は、みんなを招いてマグロのカルパッチョや鶏肉のカレー風味、バジルソースパスタなどをふるまった。

また、わが家にタレントさんを招いて、自慢の持ち物を見せ、料理をごちそうするという番組にも出たことがある。メニューは、私の十八番《おはこ》のホタテと生ハムのバジルソースパスタ、カレー味のグリルチキン、エビのガーリックマヨネーズ焼きだ。テレビ映りがいいように、おしゃれで見栄えのするものにした。

庭でワインや料理を味わいながら、トーク開始。

「今の生活の満足度は、何点ぐらいですか?」

「八十点です」

「エーッ！　その足りない二十点は何ですか？」

「もう一匹、犬が欲しいんです」

……という調子で無事終了。そのたけし軍団の伴内さんが、腰が低くておもしろい人だったので、緊張することもなくとても楽しかった。それにしても、朝から晩まで撮影して、実際に流されたのはたったの十五分。まあ、いいか。舞台裏ものぞけて刺激的だったし。

そのときに作った料理も、盛り付けや彩りがきれいだったこともあって、けっこう評判を呼んだ。

いつもリハビリに通っている病院のテレビでも、その番組が流されたらしく、

「全員、テレビに張り付いて見たよ。意外やねえ、のがみさんがあんなに料理上手だったなんて。きちんとお母さんしてるやん」

と、看護師さんたちから冷やかされた。

バジルソースは大好きで、常に作り置きしている。バジルとニンニク、松の実、パ

ルメザンチーズ、オリーブ油、塩、コショウなどをどっと入れてミキサーにかけるだけだ。それをパスタやサラダにかけていただく。わが家では大人気の定番料理である。ニンニクは業務用を買って、毎日何かの料理に使うようにしている。そのせいか、子どもたちは三人とも、幼稚園皆勤賞だった。

さらに、「ヤングミセス向けのファッション雑誌の読者モデルをやってほしい」という依頼も来た。好奇心旺盛、おしゃれ大好きな私のこと、二つ返事でOKした。

その仕事では、毎回テーマを与えられるので、私はそれに合ったファッションを身にまとい、モデルとして登場するのだ。たとえば、「今回のポイントはヒョウ柄で」とか「どこかに光りものを」「ネイルアートの特集ですから」という具合だ。

撮影は街角やブティックの前などで行われ、一時間程度で終わる。子どもたちが幼稚園に行っている間にできるし、これもいい気分転換になった。

クラスのお母さんに誘われて、旅行に出かけるようになったのも、このころからだ。もちろん、両家の子どもたちも夫もいっしょだ。年中無休のわが夫も、さすがに旅行のときだけは仕事を調整して休んでくれる。

偶然にもこのご夫妻とは、夫同士、妻同士、ともに年齢がいっしょで、不思議に気があった。ご主人が行き先を決め、すべて手配してくれるので、私たちは付いていくだけの大名旅行だ。

最初は二台の車を連ねて、奥伊勢に行った。コテージに泊まるのもキャンプをするのも、私自身初体験だった。そのご夫婦には三人の男の子がいるので、子どもは子ども同士、すぐに楽しそうに遊び始めた。焼き肉パーティーをすると、食べること、食べること。やはり自然に囲まれ、お友達といっしょに食べるお肉の味は格別らしい。

せっかくこの世に生まれてきたのだから、いろいろなところに連れていって、さまざまな体験をさせてあげたい。みんなと同じように楽しみ、喜ぶ三人の輝く笑顔をこれからもずっとずっと見続けていたい。

キャンプファイヤーの炎に揺れる子どもたちの笑顔を見つめながら、私は心から思った。

第七章　涙の運動会

イベントのたびに涙して

芦屋大附属幼稚園では、さまざまなイベントがあった。参観に行くと、子どもたちの目を見張る成長ぶりに感激し、ここまで指導してくださった先生方のご苦労を思って、私はいつも涙してしまう。周りにいるお母さんたちも、そんな私を見てもらい泣きしている。つらいことではめったに泣かない私も、うれし涙は止めることができない。

六月の音楽発表会では、やすたかとやすきが鈴、ゆうかがトライアングルを持って、みんなといっしょに演奏した。やすたかの満足そうな顔やゆうかの得意げな顔を見ていると、うれしくて涙がボロボロ頬を伝って落ちた。

入園してたった二か月で、よくここまでできるようになった。家に帰ったら、思いっきりほめてあげなくては。

先生方や介助員さんが二人のそばに付いて、懸命に練習させてくださったのだ。親がどんなにがんばっても、限界がある。周りの方々に助けられて、子どもたちはどんどん大きくなっている。

春の遠足のときにはまだ達者に歩けなくて、やすたかといっしょにバギーで行ったゆうかも、秋の遠足で水族館に行ったときには、勇んで歩行器で歩いていった。

水族館の入口は階段になっていたようだ。歩行器のゆうかとバギーのやすたかは、階段は上れない。そこで、みんなから離れてスロープを行こうとしたという。

すると、一人の男の子が、こう言ったそうだ。

「ゆうかちゃんたちがかわいそうだから、ぼくたちも階段じゃなくてスロープを上がろう」

スロープは階段より長い距離を歩かなくてはいけないし、二人だけ別の道を行かなくてはいけないのもかわいそうだと、気遣ってくれたのだ。その子の言葉にうなずいて、同じクラスの子どもたちは、みんないっしょにスロープを歩いてくれたという。

この話を担任の先生から聞いて、何てやさしい子どもたちなんだと、また私はウルウルする。そのうえ、先生はこう言ってくださったのだ。

「ゆうかちゃんたちがクラスに加わってから、車椅子の人を見ると、自然に子どもたちが道を譲るようになったのですよ。いつの間にか、他人をいたわる気持ちが芽生えたようです。やすたか君やゆうかちゃんの存在が、子どもたちにいい影響を与えているのです。二人がこの幼稚園に来てくれて、本当によかったと思っています」

この先生の温かな言葉は、ゆっくり全身にしみ渡った。ゆうかややすたかも、ほかのお友達の役に立っている。それがすごくうれしかった。

懇談のときも、私は泣きっぱなしだ。自分がこんなに泣き虫だったなんて、涙がこんなにあったかいものだったなんて、三人が幼稚園に行くまで気付かなかった。

先生と保護者との懇談の時間は、通常一人十五分と決まっているのだが、うちの場合は三人いることもあり話も長くなるので、いつも最後にしてくださっている。私は二時間ぐらいしゃべりまくり、笑いころげ、そして泣く。

「家では口げんかがすごいんですよ。やすきもタジタジで」

「ゆうかはお友達に教わって、ボタンがかけられるようになったんです」

「やすたかは、会話ができるようになって」

先生と話しているうちに、できるようになった喜びや先生への感謝の気持ちなどがこみあげ、気が付くといつも泣いている。

実際、足は一生ダメ、手も使えないと言われていたやすたかが、幼稚園に入ってから信じられないぐらい意欲的になり、鉛筆やクレヨンを自分で持とうとするようになったのだ。

以前は持たせようとしてもいやがり、払いのけるようなしぐさをするだけだった。何かを持つこと自体が苦痛だったようだ。ところが、今はすっかりまじめなやすたか君に大変身。

「お絵描きをしたい」

「ハサミを持ちたい」

「かばんを持って帰りたい」

とはっきり言うようになった。お友達が鉛筆を持って字を書いたり、クレヨンで絵を描いたりしているのを見て、挑戦する気持ちが出てきたのだ。

どんなに私がやらせようとがんばってもその気にならなかったのに、お友達の力ってすごい！

まだクレヨンをしっかり握ることはできないので、介助員さんに手を添えてもらって描いている。何を描きたかったのかさっぱりわからない絵だが、私にとっては何にも勝る宝物だ。

ゆうかは、ようやくうさぎの顔を描けるようになった。クレヨンや鉛筆を握ることはできるのだが、力がない。そのため、ほかの子どもたちが人間の絵を上手に描いているのに比べると、まだまだへたくそだ。でも、彼女なりの成長の過程がはっきりわかるので、楽しみが大きい。

母のガンが発覚

こうして、先生方や介助員さん、お友達、そのお母さんたちの親身なサポートのおかげで、ゆうかもやすたかもすぐに幼稚園にとけ込むことができた。私はめまぐるしく進歩する子どもたちの様子にワクワクし、驚きと感動に満ちた日々を送っていた。

しかし、その一方で、おそろしい事態が進行していたのだ。

二人が入園して二か月ほど経った六月の末、私は出産後はじめての子宮ガン検診を受けた。「女医さんだから行ってみたら」と、友達に婦人科を紹介されたのだ。

その一週間後、母が浮かない顔でこう切り出した。

「やっぱりおかしいわ。出血してる。どうしよう」

母はその前年から、おなかや腰に痛みがあり、二回ほど大阪の大きな病院で検診を受けていた。どちらも異常なしという結果だったのだが、腰痛は治まらず、整体に行ったり、マッサージをしたりして、痛みを紛らわせてきた。

二度も大病院の医者にだいじょうぶと言われたのだから、単なる腰痛だろうと思ってはいたものの、出血は気になる。

「じゃあ、この間私が検診を受けた病院に行ってみたら？」

検査の結果、卵巣に腫瘍があることがわかり、その女医さんに紹介された病院で、さらに詳しい検査を受けることになった。

その病院を訪れると、医師はすぐにこう言った。

「腫瘍が良性かどうかは開けてみないとわかりません。とりあえず手術をします」

あっという間に手術をすることに決まった。この段階では、まださほど深刻な事態だとはだれも考えていなかったように思う。

「腫瘍を取ったらそれで終わりだから、二週間ぐらいで退院できるわ。旅行には行けるからだいじょうぶ」

母がそう言って手術を受けたのは、七月二十日のことだった。八月に計画していた旅行には行ける、私もそう信じていた。

手術後、私と兄が呼ばれて先生に説明を受けることになった。先生は、レントゲン写真を前にこう切り出した。

「卵巣ガンでした。癒着していたので、卵巣だけではなく、子宮も卵管もリンパも全部取りました」

ガンの告知だった。まさか、そんなに悪いなんて予想もしていなかったので、私は心臓をわしづかみにされたようなショックを受けた。涙をこらえることができない。兄も動揺を隠せない。

「転移してないですか？」

私は、わらにもすがる気持ちで聞いた。

「今のところはだいじょうぶです。とりあえず手術は成功して、悪いところは全部きれいに取りました。これから、取ったものを検査に出して、どれくらい悪いか調べます。三週間後に結果が出ます」

私は放心状態で帰宅した。

「ひょっとしたら母は死ぬのかもしれない。まだ六十を過ぎたばかりなのに」

と思うと、いてもたってもいられない。しかし、私にはどうすることもできないのだ。

外ではできるだけ明るくニコニコと振る舞うように心がけていたが、一人で家にいるときはずっと泣いていた。


三週間後、検査の結果が出た。

「質《たち》の悪い悪性の卵巣ガンでした」

悪性の卵巣ガン……。私は声も出なかった。すべての希望が絶たれたような気がした。

「抗ガン剤治療は四クール行います」

もちろん旅行どころではなく、母は長期の入院を余儀無くされた。本人も告知を受け、ショックは大きかったようだが、母らしく気丈に振る舞っていた。

しかし、抗ガン剤治療を受けているときは、つらそうで見ていられなかった。一週間ぐらいは激しく吐き、全身の痛みにのたうち、しゃべることもできない。髪はすっかり抜け落ち、私が見舞いにいっても頭からふとんをかぶって顔を見せない。かつて見たことのない母の姿だった。

「お願いだから今日は帰って。しんどくてしゃべれないから」

おしゃれな母だけに、髪が抜け、苦しんでいる姿を見られたくないのだろう。私はそんな母にかける言葉もなく、涙を抑えて帰るしかなかった。

私は、毎朝九時に子どもたちを幼稚園に送っていき、介助員さんに預け、急いで家に戻って洗濯や洗いものなどをすませ、母の着替えを持って病院に向かった。そのまま一時半のお迎えまで相手をする。

母の体調のいいときは、食堂でいっしょに食事をすることもあった。それだけでも、母にはよい気晴らしになったようだ。

「子どもたちはどうしてる？　あなた一人でだいじょうぶ？」

「平気、平気！　ママは自分のからだのことだけ考えて。家のことは心配せんでええから」

「私はだいじょうぶよ。孫を残して死ねないもの」

抗ガン剤を打っていないときは食欲もあり、ふつうに話もできるし、いつもの母であった。

私は、母の前では、できるだけ元気そうな顔を見せていた。しかし、幼稚園の送り迎え、掃除、洗濯、食事の用意、病院通いと、朝から晩までからだをやすめる暇もない生活に、夏の暑さが追い討ちをかけ、フラフラになっていた。精神的に参っていたので、なおさら暑さも忙しさも骨身にこたえた。

いちばん大変だったのは洗濯だった。まず、子どもたちの衣類、次に母と私、夫の衣類、さらに夫の診療所から毎日大量に返ってくるタオルやエプロン。これらをすべて洗って干し、取り込んで畳むのに、かなりの時間がかかった。掃除は、日中はする暇がないので、家族が寝静まった深夜にすることにした。

今まで、母が掃除、洗濯を担当してくれていたおかげで、どんなに助けられていたかを実感する日々だった。睡眠時間は三、四時間ぐらいしかなかったが、母が入院していた五か月の間、私は毎日病院に通った。

食欲もなく、もともとスリムだったからだがますますやせ、いつになく口数が少ないので、クラスのお母さんたちも、私が疲れ果てていることに気付いたようだ。

母がガンになったことは打ち明けていたものの、変に心配をかけたくないし、弱いところも見せたくないので、「元気ジルシ」を演じていたつもりだった。だが、隠し切れなかった。それだけ精根尽き果てていたのだろう。

「のがみさん、だいじょうぶ?」

「いつでも手伝いにいくよ」

周りの人のやさしさが心にしみた。自分は一人ではないと思うと、ともすると萎《な》えそうになる気持ちが奮い立った。

「ママ、だいじょうぶかな」

「いつ帰ってくるの？」

子どもたちも母を案じて会いたがった。

わが家では、ママとは母のことである。私はお母さんだ。

日曜日には、三人を連れて病院に見舞いにいった。

母は子どもたちに会うと、カラ元気を見せる。

「だいじょうぶ。ママはすぐに帰れるから。もうちょっとだけ待っててね」

「うん。早く帰ってきて。いいもの見せてあげるから」

母と子どもたちの会話を聞いていると、熱いものがこみあげ、私はふつうに振る舞うのが精一杯だ。

このころは、母を思っては泣き、子どもたちの成長ぶりに感動しては泣き、毎日泣いてばかりいたような気がする。

ママも走った、母も走った

こうして、いつにも増してあわただしい日々を全速力で駆け抜けていき、気が付くとすっかり秋になっていた。幼稚園最大のイベントである運動会が迫るにつれて、クラスは異様な盛り上がりを見せるようになってきた。

うちのクラスには足が速いので有名なご夫妻がいた。お姉ちゃんの運動会のときから、毎年保護者対抗リレーに夫婦で出て、常にトップを取ってきたという。

「あのご夫婦といっしょのクラスだから、うちは優勝候補だって、ほかのクラスのお母さんたちが言ってるわよ。負けられないわね。何がなんでもがんばらなくっちゃ」

「エーッ！」

そんなにすごいクラスだったとは。ゆうかに頼まれて軽い気持ちで、リレーに出ることにしたのに……。私のせいで負けてしまったらどうしよう。私は幼いころから足が速く、運動会ではいつもリレーの選手に選ばれていた。自信はあったのだが、足の手術をしてからは、本気で走ったことはない。

運動会は体育館で行われるので、うちのクラスはまず一か月前に、一日体育館を借り切ってリレーの練習をした。もちろん、こんなことをしているのは、わがクラスだけである。私も疲れたからだにムチ打って参加した。父も母も各クラス五人ずつ、十人が一チームだ。そのご夫妻の指導のもと、バトンタッチの練習、ダッシュの練習……。お父さんもお母さんも真剣だ。

私は、最初はやれるだろうとたかをくくっていたのだが、長年走っていなかったせいか、思った以上にからだが付いてこない。そこで自主トレを開始した。出る以上は子どもたちのためにも、がんばらなくては。

何事にもすぐに熱くなる質だ。クラスの熱気にあおられて、ますます闘志がたぎった。やすきを公文教室に送っていったときには、電車といっしょに走った。家では廊下でやすきと競走した。トレーニングを積むにつれて、少しずつ自信が回復してきた。

よーし、がんばるぞー。

運動会の十日前に、また召集がかかった。私たちは体育館に集まり、入念にバトンタッチの練習を繰り返した。みんなの意気込みはものすごく、絶対に負けられないという気持ちがひしひしと伝わってくる。

最後に思いきりダッシュの練習をしたとき、両ももに鋭い痛みが走った。

「えっ?」

痛い足をひきずりひきずり帰宅すると、足がだんだん腫れてきたのである。肉離れを起こしたようだった。階段を上り下りするのも、トイレに行くのもひと苦労。

クソーッ、せっかくあんなに練習したのに……。悔しいが、しかたがない。

「お母さん、足が痛いから、ほかの人にリレー代わってもらってもいいかな?」

「いやや、絶対に走って」

ゆうかが断固として言い張った。そこで、私は湿布とテーピングをし、痛み止めを飲んで、予定通り保護者対抗リレーに出場することにした。

前日にも、体育館で軽く最後の練習が行われた。わがクラスは私のアクシデントを除けば、万全の態勢で本番に臨んだのだった。

十一月九日。いよいよ、親子ともに待ちに待った運動会がやって来た。私は朝、病院までガン闘病中の母を迎えにいった。母は髪がなかったので帽子をかぶり、感染予防のための大きなマスクをして、大喜びで参加した。園長先生が、一般の父母の席では疲れるだろうからと、母のために来賓席に席を設けてくださった。ファッショナブルな革の帽子をかぶり、大きなマスクをして座っている母の姿は、遠目にもかなり目立った。

「お母さん、入院しているのにきれいにしてはるね」

みんな感心してほめてくれた。

私はクラスのお母さんたちと、少し離れたところに陣取っていた。夫たちは、隠れるようにしてあちらこちらに散らばっている。

「大きな古時計」の曲に乗って、子どもたちが入場してきた。黄組さんに続いてわが白組さんの登場だ。やすきが先頭で白組の旗を持っている。闘病中の母が来ているので、先生が気を遣ってくださったのかもしれない。やすたかは車イスで、ゆうかは歩行器で、みんなといっしょに入場した。緑組さんの男の子が、園児代表としてしっかりした声で宣誓した。

最初の競技は「仲良くお散歩」だ。むかで競争と同じで、スキー板のようなものに子どもたちがペアで乗って競争する。

ゆうかが靴形の装具を付け、介助員さんに支えられて出てきた。お友達が前に乗っている。

「オーッ、速い、速い」

やすたかも介助員さんに支えられ、無事に競技を終えた。

次は、集団演技だ。赤、青、緑の大きなナイロンのバルーンを持って、回ったり、持ち上げたり、ふくらませて中に入ったり。ゆうかとやすたかも介助員さんに支えられ、お友達といっしょに、歩いたり回ったりしている。

途中でカラーバルーンがはぎ取られ、虹色のバルーンが現れたときには、観客席から大きな歓声があがった。小さなカラーボールがどこからか出てきて、子どもたちが楽しそうに、バルーンの上で飛ばしている。みんな満面の笑顔だ。

最後にバルーンの中に全員隠れてしまったかと思うと、今度は両手に旗を持って出てきた。ゆうかはピンク、やすきとやすたかは緑だ。リズムに乗って、隊列を変えながら、旗を振ったり、回ったり。よくそろって、とても上手だ。

ゆうかとやすたかが、介助員さんに支えられながら、お友達といっしょに懸命に演技をしているのを見ていると、どうしても感極まってしまう。熱い涙がボロボロ……。泣いている私を見て、周りのお母さんたちもボロボロ……。母の様子を見にいくと、やはり涙で目が真っ赤になっていた。

子どもたちの演技が終わって、祖父母の団体競技が始まった。お玉に卵を入れてリレーしていく、卵運び競争だ。母が出るとは思えないので、私は保護者対抗リレーに備えて、服を着替えにトイレに行った。

席に戻ってくると、周りのお母さんたちが、口々にこう言うのだ。

「のがみさん、おばあちゃん出てたよ」

「エーッ！」

「それもいちばん速かったわ。前の人を追い抜いてぶっちぎりやったわ」

「エーッ！」

あのからだでよく走れたなあ?!

しかし、のんびり驚いている暇はなかった。いよいよ、保護者対抗リレーだ。出場チームは八チーム。

テーピングよし、痛み止めよし。

不安はあったが、ここまで来た以上がんばるしかない。

「だいじょうぶよ、のがみさん。ゆっくり走ってくれていいよ。私たちが抜かすから」

あのご夫妻が、心強いお言葉をかけてくれた。

最初の走者がいっせいにスタートすると、場内の興奮は最高潮に達した。キャーキャーとすさまじい歓声が湧きあがる。私は三番手だ。スタートラインに立つと、久しぶりに胸がドキドキした。

やはりわがチームは速く、私はトップでバトンを受け取った。足をかばってふだんのように思いきりは走れなかったが、それでも抜かされることはなく、無事に次の人にバトンを渡すことができた。とりあえず責任を果たせて、私はほっと胸をなでおろした。

厳しい練習の成果が出たのか、もともと速い人がそろっていたせいか、白組はダントツでテープを切った。

「ヤッター！」

私たちは肩を抱き合い、子どものように喜んだ。

こうして、母の面目もママの面目も見事に保って、運動会は感動のうちに幕を閉じたのであった。

エピローグ

母は、運動会で走ってから一か月ほどして、無事に退院することができた。その後五か月間、大阪で静養し、ほぼ十か月ぶりにわが家に帰ってきた。子どもたちとも感激の対面を果たしたのである。

幸いにもガンの転移はなく、母はすっかり元気を取り戻した。髪の毛も生えそろい、おしゃれなヘアダイを楽しめるまでになった。一時は死をも覚悟したのに、驚異的な回復ぶりである。

「孫を残して死ぬわけにはいかない」

母はこう言って、自身を励まし、私を励まし、病気と果敢に闘ってくれた。その精神力は、親ながらあっぱれと言うしかない。何しろ、闘病中に運動会に出て、思いきり走ってしまうような人だ。さすがに私の母と言うべきか。

恒例の母娘げんかも復活した。

「そろそろ、やすきを塾に入れたいわ」

「こんなに小さいのに、かわいそうよ。まだ早いわ」

「そんなん言うても、ほかの人はもう行かしてるよ」

「他人は他人。やすきはやすきでしょ」

こうしてふつうに口げんかできることがうれしい。また、平穏な日常生活が戻ってきたことを、感謝せずにはいられない。

母がいない十か月は、元気を装ってはいたが、肉体的にも精神的にも本当につらい日々だった。芦屋大附属幼稚園や周りの方々の温かいサポートのおかげで、どうにか乗り越えることができた。すばらしい出会いが、私を救ってくれたのだ。

子どもたちも芦屋大附属幼稚園が大好きだ。夏休みになると、毎朝こう聞く。

「今日は幼稚園休み？」

「そうよ」

三人ともがっくりした顔をする。そして、翌日。

「今日も休みなの？」

今は、週に一度、やすきとゆうかはお友達の家で英会話を習っている。

「お名前は？　英語で言って」

と聞くと、英語で答えてくれる。それを聞いて、やすたかも英語で言えるようになったのには驚いた。


公文教室にも、二人とも行かせようと考えていたのだが、ゆうかだけ体よく断られてしまった。

「やすき君と同じプリントですから、いっしょにやってください。おうちでもできますから」

座るのが不安定で、ほかの子より手がかかりそうなので、先生もためらわれたのだろう。

「ゆうちゃん、残念やけど、公文には行けないわ」

私がこう言うと、ゆうかはやすきのプリントや本を見て、ひらがなを自分で勉強して読めるようになったのだ。何かひとつ覚えるのにも、ふつうの子の三倍も四倍もかかるのだから、ゆうかにしてみれば相当に難しかったに違いない。

「エライ！　すごいやん」

私は思いきりほめてあげた。

さらに、うれしいことがあった。

幼稚園でイモ掘りに行くというので、私はゆうかにかわいい長靴を買ってきた。

「家でちょっと履く練習をしたい」

とゆうかが言う。私は長靴の中に装具を入れてあげた。安定して立つための装具にはいろいろな種類があり、靴の外に付けるものもあれば、中に入れるものもある。

「ゆうちゃん、歩けそうやん。ちょっと歩いてみ」

私が促すと、ゆうかもその気になって、歩く練習を始めた。最初はよろけて、はじめの一歩がなかなかスムーズに出なかった。何度も転んでは起き、転んでは起きしているうちに、一時間も経っただろうか。

「お母さん、見て」

ゆうかは慎重に足を踏みしめ、ゆっくり、ゆっくり、六歩進んだ。杖もつかないで！

「ゆうかちゃんは、一人で歩けるようになるでしょう」

リハビリの先生のこの言葉通り、ゆうかは今、自分の足で歩き始めた。


やすたかは、身の回りのことができるようになるのが目標だ。

三歳になったとき、N療育園の園長先生にきっぱりこう告げられた。

「足は一生ダメです。今は便利なものがいろいろありますから、やすたか君に合った電動車イスなどを使えばいいでしょう」

立てなくてもせめて一人で座れるようになれば、本人も楽しいだろうと思うのだが、先は見えない。しかし、私はあきらめてはいない。麻痺が強くて使えないと言われた手は、少しずつ動かせるようになってきたのだから。

この六年間は、ジェットコースターに乗っているような気分だった。超ハイスピードで走りながら、グーッと上ったかと思うといきなり急降下。上がったり下がったりの連続に息をつく暇もなく、ときには悲鳴をあげたこともあった。でも、コースを駆け抜けて振り返ってみると、「楽しかったぁー」という言葉しか出てこない。いっしょに乗ってくれた人がたくさんいたからかもしれない。

今でも、公園で元気に走り回っている子どもたちを見ると、「ゆうかとやすたかもこんなふうに走り回れたら楽しいだろうに」と思うことがある。でも、ハンディがあるから不幸だなんて、今ではまったく思わない。

この子たちは選ばれて私のもとにやって来た。私と楽しく生きるために。ハッピーな人生を送るために。

これからもキャーキャー、ワクワク、みんなで陽気に騒ぎながら、どこまでも前を向いて歩いていきたい。私らしく、おしゃれをして、輝いて……。

ハンディのある子の母として

二〇〇五年一月十八日、一審の判決が出ました。

私たちはY保育士によって、精神的苦痛を受けたことに対して損害賠償を求めたのですが、認められませんでした。その理由は「Y保育士の言動は親の心情に対する配慮に不十分な点があったと考える余地がないではないが、違法行為とまで評価することはできない」というものでした。私は勝つと信じていたので、驚きと悔しさで涙が止まりませんでした。

新たな被害児が出るのを防がなくては……。

そう考え、私はすぐに控訴しました。

そして八か月ほど経った九月九日、二審の判決が出たのです。

一審と同じ理由で、またもや敗訴でした。虐待の現場をビデオテープなどで撮影した、はっきりした証拠がないと、判決をくつがえすことはできないということがわかりました。

でも、不測の事態に備えて、毎日、療育園や幼稚園でビデオテープを回す親がいるでしょうか？　見ている人がいなければ、何をしてもいいのでしょうか？　何があったのか、訴えることもできない子どもたちは、いったいどうやって身を守ればいいのでしょう？　もっとしっかり本質を見て、裁いてほしかったと思います。

悔し涙を流すことが多かった裁判ですが、うれしいこともありました。N療育園のお母さん方や芦屋大附属幼稚園の先生方、リハビリでお世話になっている先生などが、懸命に応援してくださったことです。本当にありがとうございました。心から感謝しております。

二審の判決が出た日は、奇しくも私の三十八歳の誕生日でした。とうてい納得できない判決でしたが、この日を境に、私はきっぱり気持ちを切り替えることにしました。過去の不愉快な思い出は忘れて、前を向いて歩いていこうと思ったのです。

子どもたちは、今春、小学校に入学しました。たくさんのお友達とやさしい先生方に恵まれ、楽しく通学しています。私もますます元気です。

では、またお会いできる日を楽しみに……。

こんなに美しいのに、こんなに頑張っている。
決して涙を見せない彼女はいつも輝いている。
「三つ子ちゃん」と聞いて一番に思い浮かぶイメージは？
――可愛い？　大変そう？――
もし、その三つ子ちゃんのうち二人が障がい児であったらそのイメージは？……

子供のせっかん死や幼児虐待など、痛ましい事件がマスコミを賑わす昨今、彼女は言います。

「せっかく生まれてきているのに、なんで？　もったいない……。五体満足でそれ以上何を望むの？」

彼女の笑顔は子どもたちの太陽。
彼女がキラキラと輝いているのは子どもたちへの深い愛情の証です。

LELUXE　貞森美佳

レシピのイラスト作者紹介

原よしこ

兵庫県芦屋市在住の建築家兼イラストレーター。

独身時代は航空会社に勤務。その後2002年に、大好きだった絵の個展を芦屋で開き、デザインやイラストで大手企業の企画にも従事するようになる。

一方、一級建築士の免許を見事取得。現在は建築家としても活躍中。

お料理とテニスの腕前は、どちらも(自称)プロ級。多趣味、多才……で、気も多い?!

ホームページ:www.h-cube.jp

原さんよりひと言

のがみさんとは息子の幼稚園がいっしょでお友達になりました。

ファッション、料理、美容、生活に人並み外れた知恵とセンスを持った彼女に影響されて美しくなり、センスアップし、お料理が上達したであろうお母様方は、私を含め、数知れず……。

「子供を持つ母親が少しでも活躍してほしい」という彼女のやさしさと思いやりに、感謝しながら絵を画かせていただきました。

著者プロフィール
のがみ ふみよ
兵庫県芦屋市在住
装具プロデューサー
現在、川村義肢株式会社（大阪府大東市）とのコラボレーションにより、
新たなデザインの装具を共同開発中

六つの瞳の光の中で
私を選んで生まれてきてくれた三人の子どもたちへ

2005年5月15日　初版第1刷発行
2007年3月31日　初版第7刷発行

著　者　のがみ ふみよ
発行者　瓜谷 綱延
発行所　株式会社文芸社
〒160-0022　東京都新宿区新宿1－10－1
電話　03-5369-3060（編集）
03-5369-2299（販売）

印刷所　株式会社エーヴィスシステムズ

ISBN4-8355-8346-9